家の猫がポーションとってきた。
熊ごろう
Illustration くろでこ

島津康平

アマツ
クロ

家の猫がポーションとってきた。

熊ごろう
Illustration　くろでこ

新紀元社

CONTENTS

第一章

俺の名前は島津康平。

どこぞの戦闘民族と同じ名字だけど、別になにか関係があるわけじゃないと思う。

ただ名字が同じってだけで、俺自身はごく普通の高校三年生だ。

そんなごく普通の高校生な俺だけど、いま、あることで頭を悩ませていたりする。

その原因となるのは、目の前のテーブルに置かれた小さな瓶。それと、ソファーで寛ぐ我が家の飼い猫であるクロだ。


いったいなにがあったのかというと……話は半年より前まで遡る。

いきなり重い話であれだけど、両親が死んだ。

連休中に家族で出かけてその帰り道のことだった。高速を走っていたうちの車目がけて対向車線をはみ出したバンが突っ込んできたんだ。

両親は即死だった。俺は後部座席に乗っていたので命は助かった……とはいっても、大怪我をして気が付いたときは病院のベッドの上だった……両親が亡くなったと聞いたときは本当に頭の中が真っ白になった。


両親の葬式は親戚の叔父さんが対応してくれたそうだ。退院してすぐに向かった両親の墓の前でそんな話を聞いた気がする。

相続の話とか、今後についていろいろ話したけど……頭の中がぐるぐるしていて、もうなにを話したのかよく覚えていない。

　両親のいない家は静かだった。

外はもう真っ暗で、いつもであれば家族で食卓を囲んでいる時間……物音ひとつしない部屋が嫌でも両親が死んだという事実を突き付けてくる。

気が付けば涙があふれていた……いや、最初からあふれていたのかもしれない。

もうずっと泣いている気がする。

　それからしばらく俺は抜け殻のようになってしまって、特になにをするでもなく、学校も休んで、ただただ部屋に引きこもる日々を過ごしていた。

　親戚……特に母方の祖父母は家が近いこともあり、一人暮らしは大変だからうちに来ないか？と言ってくれたが、両親と過ごした家から離れる気にはなれず、落ち着くまではここで暮らすと断った。

　それでも頻繁に訪ねてきては、食事の用意だったり家事を手伝ってくれたりと……いま思うと、かなり迷惑をかけてしまったと反省している……。祖父母の助けがなければ、飢え死にとまではいわないが、体調を崩して倒れていたかもしれない。

　そんな引きこもり生活を続けていたある日のこと、クロがなにかを咥えて俺のもとへとやってきたんだ……。あ、瓶じゃないよ？　瓶が出るのはまだ先ね。

……この当時、俺がなんとかギリギリで踏みとどまっていられたのはクロの存在が大きいと思う。

小さいころからずっと一緒にいる、俺に残された唯一の家族……クロを残していくわけにはいかない、そう思って俺はなんとか日々を過ごしていた……。

……っと、話がそれた。

そんな唯一の家族であるクロが咥えてきたもの。それはなんか黒っぽい、羽の生えた生き物だった……。

そいつは床に落ちた瞬間、ビビッビビビッと激しく羽ばたきはじめる。

「へあっ⁉　ちょ、ちょっ待って動いてる！　生きてるしっ⁉」

俺、虫苦手なんですよ……セミは特に嫌いな部類に入る。

なぜやつらは死んだと見せかけて急に動き出すのか。

しかも、クロが持ってきたセミはまだまだ元気だったらしく、床を動き回るどころか俺目がけて飛んできたのだ。

「いやぁぁあああああっ⁉」

必死だった。

全力で振るった俺の平手は見事に宙を飛ぶセミを捉え、そして床に叩き落とした。

クロはそれを見て満足そうに『にゃあ』と鳴くと、ソファーに飛び乗りそのまま寝てしまった。

俺を元気づけるためなんだろうか？　それとも両親がいなくなって、ご飯をまともに食べていない俺に施してくれたのか……。

どちらにしても俺を思ってしてくれたことなんだろう。

少しだけ、元気が出た。

それからというもの、クロはちょくちょくなにかを捕ってきては俺のもとへと持ってきてくれるようになった。

「うぉぉぉぉおお⁉　Gはあかん！　Gはまじでダメ！」

……でもGはちょっぴりやめてほしいかなって思うんだ。クロがそばにいるから殺虫剤を使うわけにもいかないし、もう泣きそうになりながら新聞紙で叩くしかない。

「……よしよし、ありがとうな」

最近は捕ってきたあとに頭を撫でろと要求するようになってきた……。要求に従い、頭を撫でてお礼を言うと、満足そうに鳴いてどこかに行ってしまう。

でも、そんなクロのお陰で事故から数カ月経ったころには、普通に学校に行けるぐらいには立ち直っていた。

クロには本当、感謝してもしきれない。

年が明けて、そろそろ春になるかなといったある日のこと、クロがいつもと違うものを捕ってきた。

そう、俺がいま頭を悩ませている原因のやつである。

「クロ？　どうしたの、それ……瓶？」

クロがポトリと口から落としたそれは、コロコロと床を転がり俺の足下へとやってくる。

手に持ってみるとずしりと重みがあった。

ガラスとも陶器ともいえない不思議な材質でできた小さな瓶……不透明で中は見えないが、振ればちゃぽちゃぽと液体が揺れる音がする。どうやら中身入りのようだ。

「中になにか入ってるな……よしよし。いつもありがとうな、クロ」

また頭を撫でろとアピールしてきたので、お礼を言いつつ撫でておく。

……この瓶、どこから持ってきたんだろうね？　人様のところから盗んでなければいいのだけど。

それから少し経って、クロがまたあの瓶を持ってきた。

ただ……。

「クロ⁉」

ガシャンとガラスが割れる音が響く。

俺がクロの姿を見て驚き、思わずコップをテーブルから落としてしまったのだ。

クロは足から血を流していた。

「その血どうしたの⁉　ほ、包帯‼　……びょ、病院！」

床には赤く染まった足跡が続いており、出血の量は少なくはない。

俺は止血を急いで済ませるとすぐにタクシーを呼び、動物病院へと駆け込んだ。

病院は混んでいたが、血を流しているクロを見て優先的に診てもらえることとなった。

「傷口からして、なにかほかの生き物にやられたんでしょうね……安静にしてください。かなり高齢のようですし、あまり無理はさせないようにしてくださいね」

「ありがとうございました！」

幸い、怪我は大したことはなかった。出血は酷かったが傷はそこまで深くはないらしい……。

「あー……よかったあ、大したことなくて」

エリザベスカラーを着けたクロを連れ、俺は家へと戻る。

あの出血を見たときは本当に真っ青になったけど……てか、どこのどいつだクロにこんなことしたのは。

クロは基本自由に家を出入りできるようにしてあるけど、こうなるとしばらくは家で安静にしてもらわないとだなあ……。

とりあえず帰ってご飯にしよう。

クロにも栄養がありそうなものを食べさせてあげないとだ。いつもはカリカリだけど、今日は缶詰を開けちゃおうかな？　クロは狩りが得意でいつもどこかでなにかを狩って食べている。なのでカリカリを用意してもそんなに食べないんだけど、缶詰ならきっと食べるだろう。

なんならチュ○ルをつけてもいいし。

「遅くなっちゃったけどご飯にしっいってええぇえ⁉」

帰宅し、リビングに入った直後、足に鋭い痛みが走る。

痛みで転びそうになるが、クロの入ったキャリーバッグだけは死守した。自分のことながらよくやったと思う。

「あっ⁉　な、なんでっ……そっか、さっきのコップ！」

いったいなにがと思い床へと視線を向ければ、そこには砕けたコップが散らばっていた。

さっき自分で落としたコップだ……。焦っていたから片付けていなかったのである。破片を踏んだらしい。

しかも……。

「うわ、瓶も割れて液体が……これ大丈夫か？」

クロが持ってきた瓶も割れていて、その中身がぶち撒けられていた。

青みがかった液体が床に広がり……あの、これ俺の傷にもかかっているんだけど。

「………えっ？」

これ毒だったら俺死ぬんじゃないか……そんな不安を抱えて靴下を脱いで傷口を見ると、そこにあるはずの傷が綺麗さっぱり消えていたのだ。痛みもまったくない。

「傷が消えた⁉　え、だってさっきガラス……えっ⁉」

水で湿らせたティッシュで拭ってよくよく観察してみても傷はない。というか、傷跡すらない。

傷が完全に治っていたのだ。

「この液体がこぼれて傷口に付いて、傷口が消えた……。傷薬？　ポーション？　まさかね」

液体をかけたら傷が治るとか、そんなのゲームに出てくるポーションぐらいしか思い付かない。

まさかね……と頭では否定するが、現に俺の足にもう傷はないわけで。

……靴下に血が付いているし、傷は間違いなくあったはず。

「でも実際治ってるんだよなあ……あ、ちょうどさかむけがあるぞ」

傷ならなんでもいいだろう。

引っ張ってしまおうか悩んで放置していたさかむけが左手の指にあったので、ちょちょいと青い液体を付けてみる。

「………治った」

一瞬にしてさかむけが治ったのだ。

これ、やっぱり本物のポーションだとしか思えない……。

「クロ、ちょっとおいで」

クロをキャリーバッグから出して、抱きかかえる。

足に巻かれた包帯が痛々しい。

包帯をはずしてほんのちょっとだけポーションを付けてみる。するとやはりクロにも効果があったようで、傷は一瞬で消えてしまう。

「ほんの少しだけ……治った」

痛みが消えたので不思議に思ったのだろう、クロはじーっと傷があった足を見つめていた。

「クロ、お前これをどこから持ってきたの？」

この瓶の出所を知っているのはクロだけだ。

返事を期待していたわけじゃなかったけど、なんとはなしに尋ねてみた。

クロは少しの間瓶を眺めていたけれど、やがて『にゃあ』と鳴くとソファーに飛び乗り寛ぎはじめてしまう。

「………これどうしよ」

クロが持ってきた瓶はまだひとつ残っている。

その日、俺は寝るまでずっとその瓶をどうするかで頭を抱えることになったのであった。

そして、その翌朝。

寝るまで悩んで悩み抜いた俺は、ある結論へと辿り着いていた。

「………よしっ」

見なかったことにしよう!!

……嘘です、ごめんなさい。

あれだね、あの瓶が本当にポーションなのかどうなのかとかは置いといて、とりあえず瓶の出所を確かめないと。

出所を確かめるのは、そんなに難しくはない……と思う。

なにせ俺がこれからやるのは、出かけたクロのあとをつけるだけという単純明快なことだから。

……人が通れないようなところに行かれると詰むけど、そのときはそのときだ。

「こんなもんかな?」

鏡の前で無駄にポーズをとって、そう呟く俺。

鏡を前にするとつい……ね?

今日の格好はできるだけ動きやすいように……ってことで上下ともにジャージを選んだ。それとウエストバッグにお財布やらスマホやら必需品を詰め込んで、念のために軍手も突っ込んである。

あとはジャンパーを着て……うん、完璧完璧。

部屋を出て階段を下りると、ちょうどこれから出かけるところだったのだろう。

玄関でクロとばったり出くわす。

「クロ、散歩に行くなら、あの瓶があったところに案内してくれないかな?」

靴を履きながらそう声をかけてみる。

別に無言でついていってもいいんだけど、まあいちおうね?

するとクロは一声鳴いて俺から離れ、玄関を出て外へ向かい、道路へと……と思ったら道路に出る前にくいっと進行方向を変えてしまう。

あれ、そっちは庭だけど……まさか生垣をショートカットする気じゃないよね……？

さすがに生垣を乗り越えて人様の敷地に入り込む気はないよっ？

なんて内心焦っていたけど、クロは生垣をくぐり抜けることはなく、庭のとあるところでピタリと足を止めた。

「ん？　ここ？」

クロが止まったのは、庭の隅にある物置代わりに使っている小屋の前だった。

俺が小屋の前で戸惑っていると、クロは器用にも前足で小屋の戸を開け、スルリと中に入ってしまう。

「……クロ、器用というかパワフルというか……っと、待って待って」

俺は慌ててクロを追い、小屋の中へと入るが……。

「……なに、この穴」

小屋の床にぽっかりと穴が空いていたのだ。

しかも、その穴は地中の奥へと続いているようだ。

前回、小屋の中を覗いたのはいつだったか……少なくとも冬には一度開けているはずだ。除雪用具を出さないといけないからね。

そのときにこんな穴が床に空いていれば、騒ぎになったはず。だが、俺の覚えている限りそんなことはなかった。つまり、この穴は最近できたということだろう。

「奥が見えない……」

穴は途中から勾配が変わっているらしく、スマホの光で照らしても奥を見ることはできなかった。どこまで続いているかもわからない。

「ここ進むの……？　うっそでしょ」

俺が小屋に入って穴を見つけると同時に、クロがひょいっと穴に飛び込んでしまったんだよね……。

……正直怖いけど、クロに案内してと言った手前、行かないわけにも…………あれ？　クロ、俺の言葉を理解してる？

「……行くか」

深く考えるのはやめておいた。

いまはクロのあとを追うべきだろう。穴がどこまで続いているのかわからないけど、途中で分岐していてはぐれるとまずい。

それに怖さもあるけど、少しだけワクワクしていたりする。

しょうがないよね、男の子だもん。

そうして俺は意を決して穴に飛び込ん……だりはせず、ゆっくりと足を下ろし、穴へと入っていったのである。

「せ、狭い……」

ヘタレと言うなかれ、ワクワクしていようが怖いものは怖いんだよっ。

クロのあとを追って穴に入ったわけだけど……正直狭い。這いつくばって膝を立てても大丈夫なぐらいの高さがあったが、油断すると頭を打ちそうである。

そのまま少し進むと前方に光が見え……近付くと穴の先に空間があることがわかった。

どうやらクロはすでにその先にいるようで、早く来いというように鳴き声が聞こえる。

俺は慌てて先へと向かう。

「なんで庭からこんな空間に出るんだ？」

穴の先はそれまで通ってきた地面とは異なり、しっかりした素材……コンクリートのようなものでできた壁と通路が存在していた。

通路の幅は五メートル、壁の高さは三メートルぐらいで、天井は壁と通路と同じ素材のようだ。

一瞬、下水路かと思ったけれど別に臭くないし、なんで明るいのって話だ。

……待って、なんで明るいの⁉

「電気とかついてないし……これ、絶対おかしいぞ」

明らかに人工物としか思えないうえに、電気もないのになぜか明るい通路。

てか、うちの地下にこんな空間があるとかおかしい。

クロはおそらく、ここであの瓶を入手したんだろう。

……つまりこれってダンジョン？

ゲームの世界じゃあるまいしと思う反面、実際にポーションみたいなものが存在しているんだから、その可能性は大いにあるとも思う。

というかゲームとかはそれなりにやるし、漫画も小説も読む俺としては、ダンジョンであってほしいと思っている。

「……どこまで続いてるんだろ」

奥のほうへと視線を向けると曲がり角があり、その先がどうなっているかはここからじゃわからない。

ちょっとした迷路のようになっているのだろうか？　てかこれもうあれだよね、ダンジョン確定ってことでいいよね？

庭の地下空間にこんなの存在するとか普通ありえないし、もうダンジョンだよダンジョン。

……待って、ダンジョンといえばお約束のモンスターがいるんじゃ⁉　テンション上がってきたけど、これこのままじゃまずい。

「クロ、ちょっと道具持ってくるから、いったん外に出よう！」

クロに声をかけて、いったん家に戻る。

なにか武器や防具になりそうなものを持ってこないと……あと、水と食料に救急箱もだ。

＊

「よ、よし……行くか」

三十分後、完全武装した俺は再びダンジョンへと降り立った。

……完全武装といっても学校の実習で使う作業服に厚手の革手袋とヘルメット、安全靴……は動きにくいかなと思って登山靴。あとは小屋に放り込んであったごっつい鉈《なた》がひとつ。

もっと強そうな武器とか防具が欲しいけど、家にあるのじゃこれが精一杯だ……ホームセンターに行けば、斧とかチェンソーぐらいはあるだろうけど、斧は鉈とあまり変わらない気がするし、チェンソーは使ったことがないので選択肢に入らない。それに鉈といっても、いわゆる剣鉈と呼ばれるタイプなので使い勝手はよいはず。身近で手に入る武器としては最上なのではないだろうか？

あと、たぶんだけどクロが出入りできるぐらいだから、そんなに強いのは出ないと思うんだ。

いくら俺でも飼い猫よりは強いと思い……たい。

再びダンジョンに入ると、クロは俺を先導するように、とっとっと……と軽やかに通路を進んでいく。

一方の俺はおっかなびっくり進んでいくので徐々に離されていってしまう。

「ク、クロ進むの速すぎ」

思わず呼び止めるが、振り返ったクロに半目で見られてしまう。

「そんな目で見られても……っ」

怖いものは怖いんだ～！　そう言おうとしたところで、通路の奥からなにかが向かってくる音に気が付いた。

はっとして音の方向に顔を向けると同時に、曲がり角からなにかが飛び出してきた。

「ネズミ⁉　でっか！」

飛び出してきたのは凶悪そうなネズミが一匹だけ……ただし、かなりデカい。クロより一回り小さいぐらいなんじゃないだろうか？

……ただ、ネズミどころか正直ハムスターぐらいしか見たことのない俺にとっては、ビビるぐらいの大きさだったりする。

実際に俺は飛び出してきたネズミに対してどうすればいいのかわからず、ただビビってその場に固まっていただけだった。

で、そんな俺とは対照的に、クロはビビるなんてことはなかったらしい。ものすごい勢いで飛びかかったかと思うと、その喉元へと噛みついていた。

「うぉぉぉ……え、それ首噛んでるの？」

……クロ、ここにちょいちょい来てるってことなんだよね？　たぶん。

飼い主としての威厳がちょっと揺らいじゃう。

「うへぁ……」

しばらくの間、ネズミは足を痙攣させるようにもがいていたけれど、やがて動かなくなる。

……窒息させたのか、それとも首を折ったのか。どちらにしてもクロさん半端ない。

「ま、また来た！」

そこに、もう一匹ネズミがやってきた。

「ちょっ……う、うわあああっ！」

そいつは俺へと一直線に向かってきて……今度もクロが仕留めてくれるかと思ったら、クロは黙って俺とネズミを見ていた。

あ、これ俺がやれってことか。

俺は半ば本能的に理解し、襲われる前に反射的にネズミを蹴り上げていた。

「……」

いい感じで顔に靴先がヒットした。

ネズミは吹っ飛んで壁に叩きつけられると、ビクッビクと痙攣する。

……瞬間的に首が縦に九十度以上曲がるのが見えちゃったから、たぶん死んでると思うけど……。

動かなくなったところで足先でツンツンとつついてみるが反応はなし。

「し、死んでる」

どうやら無事に倒せたらしい。

半ば反射的に蹴り上げ、結果的に生き物を蹴り殺してしまったわけだけど……思ったより動揺してない俺がいる。

ネズミは明らかにこちらに攻撃しようとしていただけに、殺したことに対する動揺よりも、無事に危機を乗り切った安堵感のほうが大きいようだ。それに……必死だったから、ということにしておこう。そのほうが精神衛生上もよさそうだ。

「んー……なにも変化しないなあ」

ドキドキしながらじっと死体を見守っていたけれど、なにも起こらない。

どうも、ここのモンスター？　は死んだらなにか落とすとか、そんなことはないらしい。

「解体とかしないとダメなタイプ……俺、解体とかしたことないんだけど」

いろいろ考えてみたけど、結局俺は死体を無視してそのまま進むことにした。

もしかすると解体すればなにか手に入る可能性もあるけど、解体の仕方なんてわからないし、道具もないし、そもそもあれがモンスターかどうかわからないし。

単に迷い込んで繁殖しただけのネズミって可能性もあるわけで。

と、なんやかんやと言い訳しつつ、俺とクロは探索を再開するのであった。

「……噴水？」

……で、探索再開したそばからであれなんだけど、ネズミが飛び出してきた曲がり角の手前に十字路があるんだけどね、そこをひょいと覗き込んだ先に噴水みたいなものを見つけたんだ。

「なんだろここ、休憩所とか？」

十字路の先は体育館の半分ぐらいはありそうな広場だった。その真ん中に噴水があって、そこから流れ出た水は水路を流れて三方の壁に空いた穴へと流れ出ていく。

なんかこう、さっきまでいた通路と空気が違うっていうのかな？

たぶん安全なんだろうなーと感じる。

たぶんだけどね。

ここを休憩所として使うなら、実際に安全か確かめたほうがいいとは思うけどね。具体的な方法としてはー……ネズミをここに誘導して入ってこられないのを確認するとか？　なんとなく入ってこられないんじゃないかなと思うんだ。これで入ってきたら笑うけど。

「セーフポイント的なあれなのかなー」

ま、そのへんはあとで確認すればいいか。

いまは休む必要ないし、とりあえず先に進むとしよう。

ポーションの出所はここで確定だと思うし、せっかくならポーションを手に入れたいところだね。

「ここ、結構広いな……ちょっとまずいかもしれない」

だいたい一時間ぐらい経っただろうか。

結構な範囲を歩き回ったけど、まだまだ終わりが見えない感じだ。

構造自体は割と単純だったのと、とにかくまっすぐ進み、突き当たったら右に曲がると決めて進んだことで道に迷ってはいないが、これ以上進むのはまずいと思う。

まてよ……ここってダンジョンなんだよな。

もしかして――

「……マ、マップ」

――ゲームじゃないんだから、自動でマップが生成されるなんてあるわけがないんだ。

もしかしたら出てこないかなとか、淡い期待を持って口に出してみたけどなにも起こらない。

マッピング用の道具を持ってこなかったのは失敗だったなあ。

クロの視線がどこか冷たいのは気のせいだと思いたい……。

「てか、レベルアップとかないんだよなあ」

ぶらぶらと一時間ほど歩き回って、ちょいちょいネズミが襲いかかってきたので全部返り討ちにしたんだけどー……こうファンファーレが鳴ったりとか、明らかに力が強くなったりとかそういうのはいまのところなかったりする。

ダンジョンやポーションがあるんだからと期待してたんだけどな。

もっと倒せば違うのかもしれないけれど、数を稼ぐのはちょっと難しそうだ。

というのも……。

「うげ、ここもか」

曲がり角からひょいと顔を出し、嫌そうな声を出しつつ顔をしかめる俺。

覗いた先にあったのは、ちょっとした教室ぐらいありそうな部屋だった。

それでなんで俺が嫌そうにしているかというと、中にネズミが大量に溜まっていたからだ。

たぶん十匹はいると思うよ。

さすがにあの数を相手にするとなると無傷ってわけにはいかない。

幸いなことにこいつらは、部屋に足を踏み入れない限り襲いかかってくることはないんだけどね……踏み入れた途端、一斉に飛びかかってくるんだ。それで一度酷い目に遭った。

部屋に三匹ネズミがいてさ、あれ？　なんでこいつら動かないんだろ～？　なんて思いながら部屋に入ったら……一斉にこっち向いて飛びかかってきたんだよ。

クロの助けがなければ、たぶんどこか噛まれていたと思う。

「ポーションないなあ。ここ見たら帰ろうかなー……？　……あ、あれ、これって」

たまにネズミが襲ってくること以外は特にこれといった出来事もなく、そろそろ帰ろうかなと口にした直後だった。

なにげなく通路から小部屋を覗いてみたら、中央に箱がちょこんと鎮座していたのである。

あれ、絶対宝箱だ！

「た、宝箱⁉　あ、あけっ……いや、待って、罠とかあったら……」

宝箱を前にしてすっごいテンション上がりまくってたけど、ふと冷静になる俺。

宝箱に罠って付き物だよね？

中身はすごく気になるけど罠が怖い。

罠にかからずに開けるにはどうしたらいいのだろうか？　紐を結んで引っ張る？　いや、それとも――

「あ」

――とかなんとか考えていたらですね、小部屋の中にスッと入ったクロがね、前足でヒョイっと箱を開けちゃったんですよ。

罠は作動しなかった。ていうか、罠なんてなかったんだろう。

ちょっと複雑な思いを抱きながらも俺はクロが開けた宝箱を覗き込む。

「……ポーションだ」

中には見覚えのある小瓶……ポーションが入っていた。

クロはこうやってポーションを手に入れたってことなのか。

「よっし、一度戻ろうか？　マップ書く道具も用意しないとだし、お腹も空いてきたしね」

とりあえずこれで目的は達成した。

これ以上進んでも迷う未来しか見えないし、お腹空いたし、一度帰ろうと思う。

俺の言葉に『にゃあ』と鳴いて、来た道を戻りはじめるクロ……。

「やっぱ言葉がわかってそうな気が……ま、いいか」

たぶん気のせいだろう。

それに、もしわかっていたとしても嬉しいだけだし。

そうして俺とクロは来た道を戻りはじめるのであった。

「ネズミ出ないなー……通路にいたのは全部倒したし、一日経たないと出ないとか？」

ダンジョンだし、倒した敵が再ポップするとかありそうだよね？　ってことで、帰り道もネズミが出てくるかなと少し警戒しながら歩いていたのだけれど、出くわすことはなかった。

しばらくは出ないのかなー……と考えたところであることに気が付いた。

「……あれ？　死体がないぞ……？」

あるはずのネズミの死体がない。

さっきも言ったけど死体を持って帰ってもねえ？　……いや、もしかすると解体したらなにか手に入る……ことはなくても食えたりはするかもしれないけど？　でもネズミを食べるのは怖いし。ってわけで死体はすべて放置してきたので、帰り道には結構な数のネズミの死体があるはずなんだけど、これがすべてなくなっているのだ。

「掃除屋みたいなのがいるのかな？　それともダンジョンに吸収されちゃうパターン？」

死体がなくなっていたことから想像できるのは、ひとつは死体の処理をしてくれるスライムみたいなやつがいるパターン、もうひとつがダンジョンに吸収されちゃうパターン。血の跡とかはなかったし、共食いはないと思う。

「……まあどっちでもいっか」

まあ俺としてはそのどちらでも問題はない。

死体については放置するしかなかったから助かったなー……ぐらいにしか考えてなかったりする。

「おし、出口だー」

そうこうしているうちに、出口のすぐそこまで辿り着いていた。

戻って休憩にしよっと。

＊

穴から這い出て家に戻り、リビングにある椅子に腰かけ一息つく。

あ、もちろん作業着は脱いでるよ、汚れちゃうからねー。

靴もだけど、あとで洗わないとだなあ。

幸い靴は黒っぽいこともあって血はそこまで目立たないけど、そのままってわけにはいかないだろう。乾いた血でカピカピになってしまう。

「ぷぅ……結構疲れたなあ」

ダンジョンから出たら途端にどっと疲れが出た。

探索している間はそうでもなかったんだけど、脳内麻薬的なものが出ていたのだろうか。

とはいえ。

「ご飯食べたし、もっかい行く？」

昼食を食べ終えるころにはすっかり元気になっていたりする。

まだ高校生ですし？　元気はあり余っているのだ。

久しぶりの缶詰にチュ○ルももらえたクロは、機嫌よさそうに『にゃーん』と返事をしてくれた。

クロも来てくれそうだね。

「よっし、せっかくだからあと二～三個欲しいね。それにマップを作りたい」

高校生、それはゲーム大好きなお年ごろ。

俺もその例に漏れることなくゲームは好きなのだ。

そんな俺が一度ダンジョンに潜っただけで満足するわけもなく、もっとポーションを手に入れて、ついでに今度はちゃんとマップも作ろうと思う……そしてあわよくばポーション以外のお宝も手に入れたい。そんな気持ちでいっぱいなんです。

＊

「お？　ネズミだ」

昼食を終え、さっそくクロと一緒に再びダンジョンへと潜ったんだけど、帰り道にはいなかったネズミが曲がり角から飛び出してきた。これは時間経過で復活するっぽいかな？

最初と同じパターンだけど、もうビビるようなことはない。何度もネズミと対峙して連中の攻撃パターンはもうわかっているのだ。

ひたすらまっすぐこちらに向かって飛びかかってきて、噛みつくだけ。なので割と対処は簡単である。

「うりゃあっ」

靴に伝わるガツンッと重い手応え。

ボールを蹴るかのように蹴り上げた足はネズミの顎を捉え、吹き飛んだネズミは壁へと叩き付けられる。

一拍遅れてズリズリと床に落ちるネズミはピクリとも動かない。

「よっし」

さすがに何匹もやっつけていれば慣れるよねって話だ。

通路に出るネズミは一匹か二匹だ。ごく稀に三匹出るけど、慣れてしまえばなんてことはない。

進むペースも上がり、三十分ほどでポーションを見つけた小部屋へと辿り着いた俺たちは、さらに奥へと歩を進めていった。

「あっれ、ここ行き止まりだと……やっぱそうだ」

さらに一時間ほど進んだあたりで少し困ったことになった。

ネズミが大量にいる部屋を避けて進んでいたのだけど、行き止まりになってしまったのだ。

つまりこれ以上探索を続けるのであれば、ネズミが大量にいる部屋を通り抜けないとダメってことだ……少なめの部屋どこだったかな。

ここは八匹、無理。

ここも八匹、次、次。

ここは……。

「五匹か……いけると思う?」

そうクロに声をかけると、クロは『にゃあ』と小さく鳴き、部屋へと向かっていく。

いけるってことかな?

「そっか……じゃあ俺は左の三匹をやるから、クロには右のをお願いしてもいい?」

クロは『にゃ』と鳴くと、部屋の前で姿勢を低くし前足をふみふみする。

いつでも行けそうだ。

最初はビビりまくっていたネズミとの戦闘もかなり慣れてきたし、てかあいつらまっすぐ突っ込んでくるだけだからカウンターで蹴りを入れればそれで終わるんだよね……だから落ち着いてやれば三匹でも問題はない、はず。

もし噛まれてもポーションがあるし、行ってみよう。

「じゃあ一、二の三で行くよ？　一、二のー……三っ」

合図と同時に飛び出す俺とクロ。

それに反応し、ネズミが一斉にこちらへと向かってくる。

ネズミは俺へ三匹、クロに二匹と二手に分かれて突っ込んできた。

よっし、うまい具合に分かれてくれた……っ。

「よっ……っと！」

右足で手前の一匹を蹴り上げ、二匹目は蹴り上げた足を思いっきり踏み込むように踏み潰す。

……く、靴の裏に嫌な感触がっ。

「もういっちょ！」

今度は右足を踏み込んだ勢いで左足を蹴り上げる。

踏み込んだのがよかったのだろうか。いままでにないぐらい威力が出た。

具体的にいうと首がもげかけ……グ、グロい。

でもやっつけたぞ、あとはクロだけど……。

「……うわあ」

一匹は喉元から血を噴いてるし、もう一匹は首が百八十度逆向いてるし。

……どうやったんだろうね？　いや、血を噴いてるのはわかるんだけどさ、血管をばしゅってやったんだろうなって。

でも首が折れるのは……猫ってこんな強かったっけ……？

そ、それはさておき。

部屋を突破したので、その先にある通路へと進むことができた。

「うーん……」

ただ、少し進むと、先ほどと同じように行き止まりとなってしまう。

その度に数の少ない部屋を狙って進んでいたのだけども、五匹が六匹、六匹が七匹とどんどん増えていき、ついには二桁以上のネズミがいる部屋しかなくなってしまったのだ。

「十匹……い、いけるかな？」

さすがにちょっと多い気がする……けど。

先に進むにはこの部屋を通らないといけないわけで……いままでの戦いで俺は四匹、クロは五匹まで対応できるのはわかっている。クロは走り回りながらヒットアンドアウェイで戦う感じで、俺は両足使って蹴って踏み潰す感じ。

なので俺が五匹目をなんとかできれば、この部屋も攻略できる……と。

「……行ってみるか」

少し悩んだけど行くことに決めた。

噛まれたらポーションを使おう。

実はあれからさらにポーションを三つ手に入れてるんだよね。午前中に手に入れた分と、あと前にクロが持ってきたのを含めて手元に五つポーションがあるのだ。

「……よし、行くよ。一、二のー……三っ」

手に持った鉈を確かめるように握り直し、合図とともに一気に部屋へと駆け込む俺とクロ。

部屋に入った瞬間ネズミたちが反応し、こちらへと向かってくる。ちょうどいい具合に五匹ずつ分かれてくれた。

ネズミが射程に入った瞬間、右足を蹴り上げる。

躊躇はしない。躊躇《ためら》うと五匹に一斉に噛み付かれることになってしまうからだ。

二匹目を踏み潰し、三匹目を蹴り上げ、四匹目を踏み潰す。

そして無理な動きをしたせいで、少し体勢が崩れたところへ五匹目のネズミが突っ込んできた。

狙われたのは左足。右足での迎撃は……間に合いそうもない。

俺は咄嗟に飛びすさり、ネズミの噛み付きを回避する選択を取った。

「危なっ」

ネズミの歯が合わさり、ガチッとけして小さくない音が響く。

かなりギリギリのタイミングだったが、咄嗟に後退したことで攻撃を回避できた。

音からして、かなり威力がありそうだ。噛まれていたら肉を抉られていたかもしれない。

もし噛まれていたらと想像してしまい、背筋がゾッとするが……ネズミはそんな俺の気持ちなど知らないとばかりに、追撃をするべく再び俺へと飛びかかってきた。

しゃがみ込むように着地していた俺は、手に持っていた鉈をネズミの頭へと叩き付けた。

体勢を崩した状態では、足でどうにかする前に、攻撃を受けてしまいそうだったからね……。

「……鉈つよっ！　てか、グロい……」

振り下ろされた鉈は、ネズミの頭を半ば潰すように断ち切ってしまう。

勢い余って床へと叩き付けてしまったが、幸いなことに刃こぼれはしてないようだ。

……いままでネズミの体高が低いからと足ばかり使っていたけれど、やっぱ刃物って強いよね。もっとデカいのが出たら鉈をメインで使うことになるのか……ちょっとそんなデカいのと殺り合うのは遠慮したいなあ。あと、手に伝わる感触が結構きついものがある……しかし自分が怪我をするよりはましか……。

ま、とにかく十匹でもいけることがわかった。

もう一匹ぐらいなら増えてもたぶん大丈夫だろう。

クロはどうしたって？　あっちも問題なく終わってたよ。てか鉈を振り下ろしてクロはどうなったかなーと振り返ったら、もう倒し終わってこっちの様子見てたよ。やばいよ、飼い主の威厳がないよ。

「うん、いけるね。二十以上とかは絶対無理だろうけど……よし、進もうか。ネズミ以外もいるかもだから警戒はしていこうね」

俺とクロで力を合わせれば、小部屋に溜まったネズミも倒せることがわかった。

これでもっと奥へと進めるね。いまのところネズミしか出ていないけど、もしかするとほかにもいるかもしれないし、油断だけはしないでいこう。

それから俺とクロは、ダンジョンのマップを作るべくしばらく徘徊していたのだけど……。

「マップ、半分ぐらいできたかな？　広すぎだよなここ」

このダンジョンむちゃくちゃ広いんだよね。

休憩がてら通路に座り込んであらためてマップを眺めてみたのだけど……探索を再開してからしばらく経つというのに、まだ半分ぐらいしか作れていない……と思う。

思うってのはダンジョンの全体像がわからないんで、あくまで予想で言ってるからだ。

マップは入り口を南として、そこから西側の部分がだいたいできている感じ。

残りは東側だけど、西側のわかっている範囲からして、このダンジョンはたぶん正方形なんじゃないかなと思う。だとすると、残りは半分ってことになるのだ。

分かれ道も多いし小部屋も多いしで、なかなか大変な作業だ。

倒したネズミの数は百やそこらじゃ利かない。靴とかもう血みどろだよ。

でも、そこまで疲れていなかったりするんだよねー。

「ていうか」

地面に置いておいた鉈を手に取り、軽く振ってみる。

倉庫に放り込んであった鉈は、すごくゴツくて重量も結構あったのだけど……明らかに最初より振るのが楽になっている。

「……力が強くなってる？」

あらためて意識してみると明らかに体も軽く感じるし、だんだん動きが速く、力強くなってるし、戦闘に慣れてきたってことだけじゃ説明しきれないぐらい身体能力が上がっている。

「これってレベルアップってやつだよね？」

レベルアップとかないんだーと落胆していたけれど、それは俺の気のせい……というか、少しずつ強くなっていたのでわからなかったようだ。

感覚的にだけど、力は二割ぐらい増してるんじゃないかなーと思う。

クロはおばあちゃん猫なのに、あんなにさくっとネズミを仕留められるのもレベルアップの恩恵なんだろう。なんとなく俺の言葉を理解していそうなのも、レベルアップのお陰かもしれないね。

レベルアップかあ……やばい、顔がにやけてきた。

「……俺、オリンピック選手になれるんじゃないの、これ」

一日でこれだけ上がったんだ。もしこれが一週間、一カ月とダンジョンに潜ったら？　想像すると思わず頬が緩んできてしまう。

なんてはしゃいでいたら、急にお腹がぐぅっと鳴る。

「ん、お腹空いたなー……ってもうこんな時間！　もう帰らないと、帰ってご飯にしよう」

探索に夢中になりすぎていつの間にか夕方……というか、夜になってしまっていた。

そりゃお腹も空くよね。というわけで、そろそろ戻ろう。

クロもお腹が空いただろう。今日はずっと付き合ってもらっちゃったし、夕飯は豪勢に一番いい缶詰を開けちゃうぞっ。

「へっへー」

俺はるんるん気分でダンジョンの出口へと向かう。

さっきも言ったけれど、実際に一日でこれだけ身体能力が上がるのならオリンピック選手だって夢じゃないだろう。

思わずスキップしながら進む俺の後ろを、クロは静かについてくる。

背後から俺を見るクロの目はどこか生暖かいものがあったが、浮かれている俺は気にしないのであった。

「やるなら短距離走とかかなー？　スタミナも上がってそうだし長距離でもいいかもなあ。いやー楽しみだっ」

たぶん走るのも速くなってるだろうなあ。それにあまり疲れないってことはスタミナも増してるはず。

短距離、長距離どっちもメダル取れちゃったりするかも？

とりあえず今日は帰ってご飯にしてお風呂入ってー……そうだなあ、学校行ったら陸上部にでも行ってタイム計ってもらっちゃおうかな？　いまの時点で結構いいタイムが出そうな予感がするぞ。

とかなんとか妄想していたら、いつの間にか出口に着いていた。

さて、妄想タイムはこのへんにして外に出よう。靴はあとで水洗いして……コインランドリーでも行こうかな。確か靴用のやつ、あったよね。

……と、そんな感じでダンジョンの外に出ようとしたのだけど、ダンジョンを出た瞬間、体に異変が起こった。

「うあ……え、なにこれだっる」

ものすっごい脱力感があったのだ。

急に体がずしっと重くなる。軽かった鉈もひどく重く感じる……。

「……ダンジョン入ると治るとか」

そのダルさは再びダンジョンに入ると解消された。

「まじかあ」

どうもレベルアップの効果はダンジョン内限定のようだ。もしかするとダンジョン外でも少しの効果はあるのかもしれないけど、あったとしてもそんなに大したことはないと思う。むっちゃダルいし……。

さっきクロが生暖かい目で俺を見ていたのは、このことを知っていたからなんだろうね。

「そこの休憩所？　で休んでいこっか……」

レベルアップの恩恵であまり疲れを感じていなかったけど、疲労は蓄積していたってことなんだろう。

そのまま外に出るとむっちゃダルいので、少し休憩所で休むことに。こんな入ってすぐの場所に休憩所があるのは、そういうことなのかなあと思う。噴水があるのも、しっかり水分とりなよというダンジョン側の気遣いなんだろうか。

*

「あー……やっぱそう上手くはいかないよなあ」

家に戻って椅子でダラダラとする俺とクロ。

残念だけどオリンピック選手になるのは無理そう。でも、このポーションを見つけただけでもすごいことだと思う。怪我が一瞬で治ってしまうのだし……すごすぎて、これが世の中に出たらどうなるのか、かなり不安ではあるけど。

「ま、いっか」

当面、このポーションは、俺やクロが怪我したときのために取っておこうと思う。

何個かあれば十分だろうけど、いつなにが起こるかわからないし、まだまだダンジョンへは潜り続けようかなと思う。

そろそろ学校も卒業だし、俺はいまのところ働くつもりはない……。クロとできるだけ一緒にいたいのと……喜ぶところじゃないけど、保険金とか慰謝料があるから、贅沢しなければ一生暮らしていけるからさ。


年が明けもうすぐ卒業ではあるが、学生はまだ少しばかり授業に出る必要がある。

俺もその例に漏れることなく、土日以外はちゃんと学校へと通っているわけです。

「ごっめん、今日用事あってさー帰らないとダメなんだよー」

「あー？　ならしゃあねえなあ」

六限目が終わり、荷物を手に帰宅しようとしたところで友人から遊びのお誘いがあったんだけど、あいにく先約があったのでこの日のお誘いは断ることにした。

約束ってのは、もちろんダンジョンに行くことなんだけどー……あまり断っているとなにかあるのかと怪しまれそうだし、平日はダンジョンに行くのを少なくしたほうがよさそうな気がするね。

「クロ、ただいまー」

玄関に入り靴を脱いでいると、クロが出迎えに来てくれる。

いつものことだけど、やっぱり出迎えてくれると嬉しいよね。

近寄ってきたクロの頭を撫で、尻尾をしゅるっと掴むと、クロは満足したのかリビングへと戻っていってしまう。このまま追いかけてクロを撫で続けるって選択もあるけど、俺はとりあえず自室へと向かい荷物を置いて着替えることにした。

……あまりしつこく撫でると怒るからね。ほどほどが一番なのだ。

それに帰ったらダンジョン行こうと約束しているし、潜るなら夕飯前に帰ってきたい。

ダンジョンに潜る格好に着替えてリビングに向かうと、クロはソファーに寝そべり爪のお手入れをしていた。

「夕飯前にダンジョン潜っちゃおうか？」

俺が声をかけると、クロは『うにゃん』と一声鳴いてソファーから飛び下りる。

……やっぱり、いまさらだけど完璧に俺の言葉を理解してるよね。レベルアップの恩恵がすごい。

＊

「今日中に残りの部分を完成させちゃいたいねー」

あ、マップの残り部分のことね。

ちょいちょい進めたお陰で残りは少しなのだ。

たぶん、あと二時間ぐらいでできると思う。

いまのところはさらに奥へと続く階段とか、いかにもな扉とか見つかっていないのだけど……残りの部分で見つかるといいなあ。

ネズミしかいないダンジョンってのも悲しいものがあるよね。お宝もいまのところポーションしか見つかってないし。

「……なんか、いかにもって扉があるんだけど」

とかなんとか考えながらダンジョンを潜りはじめたら、三十分かそこらでこの先なにかあるよ！　って力説している感じの扉を見つけてしまった……ここ、昨日引き返したところからひとつ角を曲がったところじゃん。

昨日見つけておけば、もう少し準備してきたのにさー……ま、いっか。

「とりあえずマップ埋めちゃうか」

別に今日中に扉を開けなきゃいけないわけではないし、先にやれることは済ませておこう。

「ちょっと覗いてみる……？」

あっさり終わっちゃった……いやね、小部屋とかもうネズミがいっぱい詰まっていようがまったく苦労しなくなってるんだよね。

うっかり噛まれそうになんてこともほぼない。いまなら俺ひとりでも無傷でいけちゃう……は言いすぎかもだけど、多少噛まれるぐらいでいけてしまうとは思う。

レベルアップの恩恵まじ半端ない。

んで、時間も結構余裕あるし、そうなると扉の奥が気になるわけで。

クロと一緒に、ちょこっと開けた扉から中の様子を窺うと……。

「………あれ、ウサギかなあ？」

中には体長一メートルぐらいのウサギとしてはかなりデカめ……でも、どう見てもウサギにしか見えない存在が二匹、部屋の中央に陣取っているのが見えた。

ネズミの次はウサギかあ……なんだろうね、動物モンスター限定のダンジョンなのだろうか？

普通はゴブリンとか出てきそうな気がするんだけど……いや、実際出てこられても困るんだけどね。人型とやり合うのはさすがにちょっと遠慮したい。

それはさておき、あのウサギをどうするかだ。

たぶんあいつらを倒さないとこの先には進めないとか、そんなのじゃないかなーと思う。

俺としてはぜひとも先に進みたいので、俺の中で彼やつらを倒すのはほぼ決定事項だったりする。

問題は倒せるかどうかってことなんだけど。

「二匹いけるかなあ……ポーションは用意してっと。あとは扉につっかえ棒しといて、やばいときは逃げればいいかな……？」

まあ、たぶん大丈夫だと思う。

ポーションもあるし、デカいといっても一メートルぐらいだしね。

でも念のため、逃げ道は確保しておく。

「行くよっ」

合図とともに、俺とクロは左右に分かれて扉の奥へと駆け出した。

するとウサギはすぐに反応し、俺とクロそれぞれに一匹ずつ向かってくる。

ここまではネズミ戦と変わらない、こちらに向かってくる速度がネズミと比べだいぶ速いが、対処できないほどではない。

ウサギが蹴りの射程に入ったところで俺は足を振り上げた。

足にガツンと重い衝撃がきて、そのまま蹴り抜くとウサギは宙を舞い……そんな光景が展開されるはずだった。

だが、予想に反して俺の蹴りは虚しく空振りする。

「へっ？」

マヌケな声を上げ、口をポカンと開ける俺の目の前で、ウサギが蹴りを繰り出してきた。

蹴りの向かう先は鳩尾《みぞおち》から心臓付近。ウサギは空中に飛び跳ね、俺の蹴りを躱していたのだ。

「いったぁっ⁉」

ドスンと腕に鈍い痛みが走る。

咄嗟に空いている腕でガードすることができたが、正直かなり痛い。

骨は折れてなさそうだが……これが肋骨に当たって、しかも骨折したりするとかなりまずそうだ。

折れた骨が内臓に突き刺さる可能性がある。

「っこの‼」

攻撃を受けたことで頭に血が上り、俺は半ば反射的に反撃を仕かけていた。

ウサギに対して鉈を振り下ろす。咄嗟にやったことなので勢いもなく、攻撃としては中途半端だった……が、空中で蹴りを放ったウサギは重力に引かれて落ちるしかなく、その攻撃を避ける手段は持ち合わせていない。

鉈はウサギの首へと深く食い込んでいた。振り下ろした勢いのまま地面に叩き付けられたウサギはしばらく痙攣していたが、やがて動かなくなる。

「やった……クロはっ？」

クロは大丈夫だろうかとバッと顔を向けると、そこにはウサギの首をがっちり咥え込んだクロの姿があった。

……楽勝そうですね。

たぶんクロ相手だとウサギも跳んだりはしなかったんじゃないかな。跳んでも無防備なお腹を晒すだけだし、普通に噛みつきにいって……ネズミ相手で対処に慣れているクロにあっさりやられたと……うん、たぶんきっとそう。

けして俺がアレなわけじゃないんだよっ？

戦闘も終わったので、先ほど蹴られた箇所を確認してみる。

蹴られた箇所は赤く腫れており、腕を動かしても痛みはないが、触れるとズキンと鈍い痛みがある。折れてはいないけれど、明日には青くなっていそうな気がする。

「まさかあんな飛ぶとは……腫れてきてるし。クロは大丈夫？　念のためポーション使おうか」

まあポーションあるんですけどね。

怪しげな液体を蹴られた箇所にぬりぬりすると、腫れがスッと消えていく。試しに触れてみたが痛みはない。完治だね。

念のためクロの前に残りのポーションを置いてみるが、クロはちらっと一瞥するとふいっと顔を背ける。

いらないってことかな。

「んー」

治療を終えて落ち着いたところであらためて部屋を見回してみる。

ぱっと見はこれまで見てきた小部屋と変わりはない。奥に続く通路もなさそうだし……まさか、ここで終わり？　と一瞬思ったが、その直後にガコンと音がして、最初にウサギたちがいたあたりの床がゆっくりと沈みはじめた。俺たちは特になにもしていないし、ウサギを全部倒してから時間経過で開く……とかかな？

「ちらっと覗いて今日は戻ろうか」

近寄って確認すると、そこには下へと続く階段があった。

階段の先には廊下が見えており、この先もダンジョンが続いていることがわかる。

地下一階だけではなく、二階もあることに少し嬉しくなった俺は、クロに声をかけると階段を下りはじめた。

「んー？　見た目は一階と変わらないね？　休憩所あるのかな……あるかどうか確認したら、上に戻ろうか」

下りた先には地下一階とほぼ同じ見た目の廊下が続いており、ある程度まで行ったところで曲がり角や十字路があるところも一階と同じであった。

まさか地下一階と同じ構造じゃないだろうな……と思いながら、俺は十字路に向かってゆっくりと歩を進める。

結論から言うと、休憩所はなかった。

地下一階で休憩所のあったところには、廊下と少し先にＴ字路があるのだけ確認できた。

もしかすると、もっと探せばどこかに休憩所があるのかもしれないが、結構いい時間だったし、俺もクロも一度休憩を取ったほうがいいと考え、今日はここできっちり切り上げることにしたよ。

＊

「さて、夕飯はっと……」

戻って風呂に入り汗を流した俺は、夕食を作る……のは面倒だったので、冷蔵庫の余りものをレンジでチンして夕食を済ませることにした。

毎回ひとり分作るのは手間なので、多めに作って余りを冷蔵庫に入れてあるんだよね。

「休憩所なかったねえ……んー、毎回階段まで行くのは結構面倒だなー……」

ちょっと行儀が悪いけど、ご飯を食べながら完成したマップを見てそう話す俺。

……独り言ではないよ？　すぐそばでクロがご飯を食べてるし、ときおり尻尾を振って聞いてるよアピールしてくれてるし……本当は一緒に見てほしいところだけど、クロからしたら、飯終わってから話せよといったところだろうか。

……はい、ごめんなさい。

食事が終わってから見ることにします。

「……まあ、でも三十分ぐらいだし……そうでもないかな？」

食事を終えたので、あらためてクロと一緒にマップを見てみる。

さっき毎回階段まで行くのは面倒だと言ったけど、よく考えれば歩いて三十分そこらなのでいうほどでもなかったね。

本当は地下二階にも休憩所があって、そこが一階の休憩所と繋がっていればなーとか思っていたのだけど、そう上手くはいかないようだ。まあ、これぐらいの距離なら素直に歩きましょ。

その日はテレビを見ながらダラダラと過ごし、眠くなったところで就寝となった。

*

そしてその翌日……は友達と遊びに行ったので、そのさらに翌日。

俺とクロは再びダンジョンへと潜っていた。

今日の目的は地下二階での探索である。俺とクロは一階を駆け足で抜け、寄り道せずに階段へ向かった。

「あ、いないね」

もしかすると扉の先のウサギたちが復活しているんじゃ……と考えたが、ウサギの姿はなかった。

道中の小部屋のネズミは復活していたので、ここだけ特別なんだろう。

（もし、ほかの人が来たらどうなるんだろ、このままなのかな？）

おそらくあのウサギたちは、地下二階へと続く階段の門番的な存在なんだと思う。

俺とクロが倒してから復活していないとなると、今後俺たち以外の誰かがこのダンジョンに来た場合、素通りできてしまうのだが……とそこまで考えて続きを考えるのはやめた。

いまは俺たち以外に潜る人はいないし、確かめようがないからだ。

そんなので悩むより先に進んだほうがいいだろう。

「むっ」

地下二階へと続く階段を下りてすぐ、最初の敵と遭遇した。

「やっぱ地下二階の敵はウサギかー」

曲がり角から飛び出して速攻でクロに足を噛まれて転び、そこに俺の鉈を頭に受けたちょっぴり可哀想な敵、それはウサギであった。

階段を守っていたのがウサギだった時点で、この先の敵もウサギなんだろうなーと思っていたんだよね。

一階を探索しててわかったことだけど、廊下で出遭う敵の数って二匹なんだよね。だから門番のウサギ二匹を倒せないようじゃこの先に進む資格はないぞ、的な？

……しかし、ネズミに続いてウサギねえ。

前に動物モンスター限定のダンジョンなのかーって考えたけど、もしそうならこの先、豚とか牛が出てきてもおかしくないわけで……。

そう考え、ちらっとウサギの死体を見る俺。

「……ウサギって美味しいんだっけ？」

ネズミはさすがに嫌だけど、ウサギって国によっては普通に食ってた気がするんだよね。ヨーロッパだっけ？

食えそうなお肉をひたすら放置するっていうのも、ちょっと気が引けるんだよねえ……。

なんて考えてたら、クロがウサギの死体を咥えて俺の足下に持ってきたではないですか。

「あ、いらないです」

思わず真顔で言っちゃったじゃないかい。

ちょっと捌けないから無理かな……それにウサギといってもダンジョンに出てくるウサギである。本当に食えるかわからないしね。

俺が断ると、クロは『そう？』みたいな感じで首を傾げ、特に気にする様子もなく、スタスタと奥に進みはじめる。

俺は置いていかれないようにそのあとを追うのであった。


あれから二週間が経った。

俺とクロは朝からダンジョンに潜っている。探索は順調で、すでにマップの半分ができ上がっている状態だ。

……いや、この場合は〝まだ〟って言ったほうがいいのかな？　一階のときは確か一日ぐらいしか、かかってないんだよね。それと比べるとだいぶ時間がかかっていると言ってもいいだろう……まあ原因はわかっているんだけどー。

「……ネズミがウサギになったら難易度が上がったなあ」

単純に敵が強くなったからなのだ。

ウサギの攻撃パターンは、近付いて嚙みつくか、飛び跳ねて蹴るかの二択なんだけど、攻撃方法がひとつ増えただけでこれが結構大変なのだ。

ネズミはひたすら噛みつくだけだったから対処は楽だったんだけど……いや、楽すぎるぐらいだったんだけどさ。ウサギの場合は下手すると避けられたうえに蹴られるからねえ……どうしても慎重になっちゃうのだ。

それで、慎重になるってことはつまり倒すのに時間がかかるってことで、一匹だけじゃなく二匹、三匹と同時に相手しなくちゃいけなくなるってことなのだ。

クロはウサギよりもだいぶ素早いから、ヒットアンドアウェイな感じで問題なく戦えてるんだよね。数がもっと増えてもたぶん問題ないと思う。

俺もいちおう三匹同時ぐらいならいけなくはないのだけど、これがもう一匹増えると被弾が多くなる。まじ痛い。

俺はクロみたいに小回りが利かないから、ヒットアンドアウェイもできないしねー。

そんなわけで、まだ小部屋の大半が攻略できていなかったのだ。

「ごり押しできなくはないんだけどね」

ポーション頼みでダメージ無視でも行けなくはないんだけど、それは最終手段だからなー。

……あ、そうそうポーションだけどね、だいたい週に十個ぐらいのペースで手に入ってたりするよ。すべての小部屋に必ずあるってわけじゃなくて、一日探索して一個か二個見つかるかなって感じ。だから数を確保するのは難しい……それでも、もう三十個ぐらいあるのかな？　何個か使ってはいるけれど、溜まるペースのほうが早いね。

溜めたポーションをどうするかはいちおう考えてはいるのだけど、実際にどうにかするのは、高校を卒業して……もっと攻略が進んでからか、ここ以外にもダンジョンの存在が確認されたらかな？　ここだけにしかない可能性だってあるけど、その逆もありえるんだよね。ほかにもダンジョンがあって、ポーションが手に入るのであれば、ポーションを世に出しても目立ちにくいんじゃないかなーって思ってる。

とりあえずそれまでにもっと在庫を増やして、できればほかのお宝も手に入れたいところだ。いや、ほんとまじでそろそろほかのお宝が欲しい。

……ま、それは置いといて攻略のほうを進めないと。

先に進めばほかのお宝が出るかもしれないし……とはいっても、急いで進めるのは難しい……。

「次はなにが来るかわからないし……やっぱ部屋にいる連中を無傷で倒せるぐらいじゃないと次の階に行くの危ないかな」

実はこの階でも、この先なにかあるよ！　って力説している感じの扉を見つけてるんだよね。まだ中は覗いてないけど。

ウサギと初めて戦ったとき、俺とクロの戦闘能力？　は、もうネズミなら何匹でも余裕ですー、みたいな状態だった。それでもウサギにいいの一発もらっちゃったわけで。次の階層に行くときには、少なくともウサギなら何匹でも余裕だーって状態にしておかないと危ないと思う。

そこまで強くなるには結構な数のウサギを倒さないとダメだ。ネズミは千までいかなくても、それに近い数は倒していたはずだからね。ウサギもそれぐらいは倒さないと……多いなっ。

「あと半分ぐらいいかなー……」

多いけどやらねば。やらずに突っ込めばボコボコにされるのが落ちだろうし。

とりあえず土日は午前と午後フルで戦って、平日は暇な日だけ……ん？

「どうしたのクロ？」

俺が考え事をしながら歩いていると、クロが前足で俺の足をタシタシっと叩いたのだ。

振り返ってクロを見ると……クロはどこかむすっとした感じの目で俺をじーっと見ていた。

……この感じは。

クロの様子にはっとした俺は慌ててスマホの時計を見る。

時刻は十一時をとうに過ぎていた。

「あ、そっかもうこんな時間なのね。クロありがと、一度戻ろうか」

クロのあれは、要はお腹が空いたぞってことだ。

俺はちょっと駆け足で自宅へと戻るのであった。

＊

「それ新商品だから買ってみたんだけど……美味しい？」

そうクロに尋ねると、クロは『うにゃうにゃ』と返してくれた。

どうやら美味しかったようだ。いつもの缶詰より食いつきがいいし、次からはこれを多めに買っておこうかな。

「お昼どうしよう」

クロのご飯は用意したけれど、俺のがまだなのだ。

ダンジョンに潜っているときはそうでもなかったけれど、地上に戻ってきたらだんだんお腹が空いてきちゃってねー。

お肉は夜使う予定だし……冷凍うどんでもチンして食べるか？　いやそれとも……と、俺がお昼のメニューをどうするかで頭を悩ませていると、不意に玄関のチャイムが鳴らされる。

「誰だろ？」

首を傾げ、玄関へと向かう俺。

基本的に我が家を訪ねてくる人は限られている。集金の人だったり、怪しい勧誘だったり、あと近所に住んでいるじいちゃんばあちゃん。友人は来る前にスマホに連絡が入るのでたぶん違う。

集金は今月はもう来ているので、となると……怪しい勧誘だったら居留守を使おう。

「……」

そろーっと足音を殺してドアの覗き窓から外を見ると……そこには見慣れた顔があった。

「あ、じいちゃん。待ってね、いま開けるから」

「おーう」

じいちゃんだった。

ばあちゃんは一緒じゃないけど、買い物にでも行ってるのかなー？

とりあえず玄関開けてっと。

「ほれ、土産だ」

「おー、野菜だ！　ありがとうじいちゃん……あれ、これいまって時期だっけ？」

「そりゃハウスのだからの」

「あ、なるほど」

じいちゃんは玄関に入ると、「ほい」と野菜がみっちり詰まったビニール袋を渡してくる。

農家をやっているので、ときどきこうやって採れたての野菜をお裾分けしてくれるのだ。

それは両親が亡くなる前もだったけど、亡くなってからは残った俺を心配して、より頻繁に顔を見に来てくれている。

あ、ちなみに母方のじいちゃんばあちゃんね。

父方のじいちゃんばあちゃんは漁師をやっているのだけれど、離れて暮らしているので頻繁に来るのは難しい。

それでも年に何度か会いに行ったり、来たりしているよ。

じいちゃんばあちゃんもだけど、従兄弟とかも含めて親戚付き合いは結構あるほうだと思う。

「康平、もう昼は食ったか？」

「いや、これから作るところー」

野菜もらっちゃったし、野菜炒めとラーメンとかいいかも。

じいちゃんとばあちゃんの分も一緒に……ん、もう食べたかって聞いたってことはー。

「ちょうどええわ。ばあさんがスーパーでなにか買ってくるそうでな、一緒に食うとええ」

「やった、ありがとー！」

あ、やっぱり、ばあちゃんはなにか買いに行ってたのね。

俺の家からスーパーまで百メートルもないし、たぶん途中でばあちゃんと別れてじいちゃんだけ先に来たのだろう。

「お、チャイムが」

「ばあさんだろう」

噂をすればなんとやら。

玄関のチャイムが鳴ったので、じいちゃんを置いて出迎えに行く俺とクロ。……クロ？

どうしたのかな？　普段、こんな反応は見せないんだけど……っと、玄関を開けないとだ。念のため、開ける前に覗き窓を見てっと。あ、やっぱりばあちゃんだった。

「よっ……こいせ。着いた着いた」

「ばあちゃん、いっぱい買ったねー」

ばあちゃんまた大量に買い込んで……ってこれはっ。

「康平、お寿司好きだったでしょ？　いっぱい買ってきたからたんとお食べ」

寿司だ！　やったぜ、ばあちゃん大好き。

寿司は焼肉と並んで好きな食べ物トップである。久しぶりのお寿司に思わず小躍りしちゃうぞ。

……なんでクロも？　って思ったけど、クロは寿司に反応したのか。

部屋に戻ったらじいちゃんが少し寂しそうにしていたけれど、寿司が入った袋を持った俺のあとをついてくるクロを見てニコニコしていたのでたぶん大丈夫。

「はい、お茶お代わり」

「おお、すまんなあ」

「ありがとねえ」

空になった湯飲みに、粉茶とお湯を注ぎ、じいちゃんばあちゃんに渡す。

お寿司にはやっぱお茶が合うよね。久しぶりのお寿司は美味しゅうございました。

クロはもうご飯を食べたあとだったので、マグロを一切れだけあげた。

いまも食卓の端っこに置いた切り身をちょいちょい……とつついては前足をぺろぺろしてる。

……なんかね、お刺身系はすごい欲しがるのに、直接あげたり餌用の皿に入れても食べないんだよね。

食卓の端っこに置いたやつを少しずつ動かして、落ちるとぱくって食べるの。ほんと謎である。

「康平はそろそろ卒業だったか？」

お茶をずずっと飲み、じいちゃんがそう尋ねてくる。

「うん、来月だね。授業は今月半ばまでだったかな？」

俺は湯飲みを置いて、壁にかけてあるカレンダーをちらっと確認し、そう答える。

卒業式までもう一カ月を切っていた。

「そうかそうか、もう卒業か……早いもんだの」

「本当ねえ……」

俺を見てしみじみといった感じで話すじいちゃんと、それに相槌を打つばあちゃん。

いや、本当にいざ卒業するとなるとねー、三年間なんてあっという間だったと思う。いろいろあった……し……危ない、思考が暗い方向に行きかけた。

「就職は決まったのか？」

「んー、いちおうは考えてるけどまだなんだ」

本当は三年に上がってすぐ決まっていたんだけど……事故のあとに辞退した。ちょっとあの当時の精神状態じゃ仕事は無理だと思ったから。

会社の人事担当さんは落ち着いたら来るといいと言ってくれたけど……ダンジョンがあるし、探索に時間かけたいから、たぶん行かないと思う。ごめんなさい。

「そうかそうか。まあ。焦らんでええ……いざとなったら畑を継いでもいいでな」

「いざってときはお願いね」

畑を継いでもいいと言うじいちゃんに笑ってそう答える。

……継ぐかどうかは別として、手伝ったりはしようかなーと思っていたりする。

いつもお野菜もらってばかりで悪いしね。それにじいちゃんたちも結構な年だし、この間は腰が痛くてー……とか言ってたから、俺でも重いものを持ったり手伝えることはあるだろうし。

……いや、腰が痛いならポーションを渡すか？　身内とはいえさすがにまずいかな……ポーションはもう少し落ち着いたらにしよう。あ、そういやウサギはどうなんだろ。じいちゃん、熊肉とか食ってたしウサギもいけちゃうのかな？　聞いてみよう。

「そうだ、じいちゃん」

「ん？」

「ウサギって食べたことある？」

「あるぞ、割とうまかったが……食いたいのか？」

「料理してあげたいけど、ウサギなんて売ってたかしらねえ」

やっぱ食ったことあるんかいっ。

てか、うっかり俺が食うことになりそうな流れになってるし！

「あ、いやいや！　そういうわけじゃないから大丈夫！」

慌てて首を振って否定しておいた。

俺の態度にちょっと首を傾げていたけれど……それ以上の追及はなかった。危ない危ない。

＊

じいちゃんばあちゃんが家に来た日から、おおよそ三週間が経った日曜日の昼過ぎ。

俺とクロはダンジョンの部屋内にて喜びの声を上げていた。

「……よし、十匹部屋もいけた！」

ついに無傷で十匹部屋を攻略できたぞっ。

ある程度強くなって、ウサギが行動を起こす前に潰せるようになってからは早かったけれど、そこにいくまでが長かった。

卒業が近くなって授業に出なくなったら攻略速度上がるかなーと思ったんだけど、友達からのお誘いがちょくちょくあって、逆にダンジョンに潜る時間が取れなかったんだよねー。

卒業式前日になって、ようやく攻略できるようになったぐらいだ。

「さーって、そろそろ扉の奥行っちゃうかなー？」

実はマップはすでにでき上がっていたりする。

それで前にも言ったけど、地下一階同様に地下二階にも例の扉はあった。

中はまだ見ていない。見ちゃうと、こいつならいけるんじゃない？　って思ってレベルが上がりきる前に突撃したくなっちゃうかもだし、いちおうね。

それも十匹部屋を無傷で攻略できたことで、もう我慢する必要はない。

「ポーションよし、武器よし、つっかえ棒よし」

準備もばっちりだし、さっそく中になにがいるか覗いちゃおうじゃないの。

「さて、中にはなにがいるのかな……またかい」

またウサギかよぅ。

サイズこそ違えど、それ以外はいままでのウサギと変わらない……まあ、そのサイズが違うってのが厄介そうではあるのだけど。顔とかに噛みついてきそうで嫌だなあ……。

「……行くか」

嫌だけど行くのだ。

扉が閉まって閉じ込められたら嫌なので、まずはつっかえ棒をして、荷物を入れたウエストバッグを置いて……っと、あとは鉈を構えて突っ込むのみっ。

「やっぱ速いっ」

クロと二手に分かれて扉の向こうに突撃すると、一階のときと同様に即座に反応したウサギがこちらに向かって駆け出した。

その速度は、いままで戦ってきたウサギよりも速かった。

大きい分遅いんじゃないかと少し期待していたけれど、そう期待通りにはいかないか。

ただ速いといってもあくまで想像の範疇であり、想像以上ではない。

ウサギは俺の目前まで来ると同時に、蹴りを繰り出してきた。普通に人が繰り出すような蹴りだったので若干面食らったけれど、ただそれだけだ。

蹴りは俺の脇腹目がけて飛んできている。俺は腕を構えガードするのではなく、腕の代わりに鉈を構える選択をした。

これなら俺にダメージはないし、攻撃を防ぐだけで相手にダメージを与えられる。

ウサギめ、人間の文明の力を味わうがよかろうなのだ。

なんてちょっと調子に乗ったのがよろしくなかった。

「足いただき――」

鉈とウサギの足が交差する直前、急にウサギの足がクンッと向きを変え、横からの蹴りだったのが上から振り下ろすような蹴りへと変化したのだ。

「――へぶっ⁉」

……蹴りは俺の横っ面を見事に捉えていた。

くっそ痛いぞっ⁉

いや、てかおかしい！

なんでウサギがそんな蹴りを繰り出すのさっ⁉

人間でもやるの難しいでしょ、あれ！

くそう……あ、いやよく見たらウサギの足から血が滴り落ちてるぞ。

反射的に鉈を少し動かしたから、それがわずかに当たっていたようだ。

よし、これで多少怯んでくれれば……なんて淡い期待はすぐに打ち破られた。

「ちょっ、なにっこいつ⁉　このっ！」

ウサギは怪我などお構いなしに、次々に蹴りを繰り出してきた。

しかも、その蹴りがやたらと多彩で嫌になる。

ローと見せかけてミドルだったり、ハイと見せかけてー？　……本当にハイだったり。

俺はウサギの予想外の攻撃に、ひたすら防戦に追い込まれることとなった。

「……た、たおした」

ウサギを倒したのは戦いはじめて数分が経ってからだった。

……まあ倒したというよりはひたすら鉈で防御していたからウサギの足がズタズタになって……やがて動けなくなったところにとどめを刺しただけなんだけどね。

しかし疲れた……。

「クロもお疲れ……予想以上に厄介だったねえ」

クロも結構苦戦したようだ。珍しく息を荒くしている。

クロが相手していたウサギを見ると足がちぎれていたので、どうやらクロも俺と同様に足を潰してから倒したようである。

「とりあえずポーションを使おう……クロも怪我してたら使うんだよ？」

落ち着いてきたら、ウサギに蹴られまくった箇所がズキズキと痛み出した。

ウエストバッグからポーションをふたつ取り出し、ひとつは蓋を開けてクロへと渡す。もうひとつの蓋を開け、中の怪しい液体を手に取り、自分の傷へと塗りたくっていく。

「口の中が治ってない……ちょ、ちょっとだけ」

だいたいの傷は治ったんだけど、最初に蹴られた顔が……外側の痛みは引いたけれど、口内が切れまくってるのが治っていなかった。

どうやら塗った箇所にしか効果がないらしい……俺は少し悩み、ポーションを口に含むことにした。……傷口にかけても大丈夫なんだし、口に含んで傷が治ったら吐き出せば大丈夫だと思う……思いたい。

恐る恐るポーションを口に含むが……特に味らしい味はなかった。変な匂いもない、むしろ少し清涼感のある香りがふっと鼻に抜ける。

「…………あれ、意外と飲みやす……い」

喉越しも悪くなく、するすると喉の奥へと入っていった。

怪しげな色をしているのでいったいどんな味がするのかとビビっていたけれど、思ったより飲みやすくてよかったわー。

うん…………うん？？？

「ぐぼっ⁉　ゲェッホゲホッ！　……げほっ、な、なんで飲んだし⁉」

本当になんで飲み込んだの俺⁉

くっそ……予想外に口当たりがいいのが悪い。咳き込んでは見たけれど、ポーションはすでに胃の中だ。出てこない、手遅れだこんちくしょーめ。

「な、なにか変わったところは……？」

お腹を押さえたり、体をペタペタと触ってみるが変わったところはない。

液体が触れたところの傷が治るだけで、飲んでもなにも起こらないのか？　……いや、違う。

「疲れが取れていく……小さい傷がじわじわ治っていくような？」

さっきの戦闘で溜まっていた疲労が抜けている。

それにちょっとしたすり傷とか、指のさかむけだとかがゆっくりだけど治ってきている。

「飲むと疲労回復と傷を治す効果もあり、っと。やばいなポーション」

最初に使ったときがそうだったから、このポーションって傷に液体が触れないと効果がないって思い込んでいた。

飲んでも効果があるのはありがたい。飲んでからどれだけ効果が持続するかわからないけれど、持続時間によっては戦闘前に飲んでおくのが有効になる。

戦闘中にポーション使うのってほぼ無理ゲーだから、諦めて戦闘終了後にいつも傷に塗ってたんだよね。

これからは戦闘が少し楽になるかもだ。

これならもっと攻略速度を上げられるかも……そう考えていた俺の目の前に地下三階へと続く階段が姿を現した。やはり前と同じで、倒してから時間経過で階段が現れると……これで確定かな？

ダンジョンは、まだまだ先があるようだ。

「ま、ゆっくり進めばいっか。明日で学校も終わりだし」

時間はたっぷりある。

友人も就職したり進学したりと、その準備やらなにやらであまり遊べなくなるし……うん、ゆっくり進めるとしよう。別に焦らなくたってダンジョンが逃げるわけでもなし。

「今日はここらで切り上げようか」

毛繕いしているクロを抱き上げ、俺とクロは部屋をあとにする。

明日は卒業式だし、きっちり疲れを取っておかないとだ。

うっかり寝ちゃったらあれだしね。

＊

そして、その翌日のこと。

「島津康平」

「はいっ」

名前を呼ばれ、壇上に向かい、卒業証書を受け取る……そのあとは特にこれといって特別なイベントもなく、卒業式は終わった。

「ただいまー」

玄関を開け靴を脱ぎ、一歩踏み出したところで気が付いた。

いつもなら出迎えてくれるはずのクロの姿がないことに。

……クロは、リビングのソファーで横になっていた。

「クロ？　元気ない……鼻水垂れてるし風邪かな？　この時間ならやってるよね」

どうやら風邪をひいてしまったようだ。しかも、こじらせてしまったらしく元気がない。

「よし、すぐ病院に連れていってあげるからな」

まだ病院はやっている。俺はすぐさまクロを病院へと連れていった。

「だいぶ高齢みたいですし、しばらくは安静にしてください」

「ありがとうございましたー」

お医者さんの診断は風邪だろうとのこと。注射もしてもらったし、しばらく安静にしていればたぶん治るだろう……。幸いなことにもう学校は卒業した。ダンジョンも当分は休んでクロの看病をしようと思う。

「たしか使ってない毛布あったなー……あと加湿器とヒーターも出さないと」

そう呟きながらクロの入った籠を大事に抱えて家路についた。

「鼻水は止まったけど……」

しばらく安静にしているとクロの風邪は治ったようだ。

ただ……。

「……」

風邪をひいたのがきっかけだったのか、クロはまともに動けなくなっていた。

トイレに行くのも餌を食べに行くのもつらそうだ。ヨロヨロと身を起こす様子を見ていると、心配のあまりこちらが死にそうになる。

小さいころからずっと一緒にいたクロ。

年齢は今年で十八歳になる……そろそろ寿命なんだろう。

そっと抱きしめたクロの体はひどく軽くて、痩せてゴツゴツしていた。

噛み締めた唇から血の味がした。

第二章

「……決めた」

俺は、ある決意をした。

先に確かめたいことがあった俺は、ダンジョンに潜るいつもの格好へと着替えると、ひとりでダンジョンへと向かう。

ダンジョンに降り立つと通路を進み、ネズミを探す。

「いた」

幸いネズミはすぐに見つかった。

俺はネズミがこちらに向かってきていることを確認し、そのままネズミを引き連れて休憩所へと向かい、休憩所の中に飛び込んだ。

「……なるほど見えてない感じか？」

俺のすぐ後ろを追ってきていたネズミだが、休憩所の手前でキョロキョロとあたりを見回し、やがて元来た道を戻りはじめた。

確かめたかったのは、この休憩所が本当に安全か否かだ。いまの結果から、ここは安全であるということがわかった。

俺はすぐにダンジョンから出て家に戻る。

「……これで全部かな」

クロの餌やトイレなど必要なもの一式を持って再びダンジョンに向かう。

そして休憩所に一式を置いて、最後にクロを連れ込んだ。

「クロ、ここで待っててね。お前に効く薬を探してくるから」

俺の言葉に『にゃあ』と返事をするクロ。

ダンジョン内では身体能力が上がる。クロもいまは以前と同じように元気そうに見える……でもいつまでもつかはわからない。

このままクロのそばを離れず面倒を見ることも考えた。

でも、それだといつか必ずクロとお別れの時がやってくる。

俺がこれからやろうとしている行為は無駄になるかもしれない。

でも、なにもせずただ見守るのは、その選択は俺には取れなかった。

「疲れたらちゃんと帰ってくるから……ね？」

そうクロに告げて、俺はひとりでダンジョンの奥を目指す。

……ポーションなんてお伽噺に出てくるようなものが存在しているんだ、病気を治す薬、そして寿命を延ばす薬……俺が求めるものがきっとあるはずだ。

もう、家族と別れたくはないんだ。

休憩所を出た俺は、まっすぐに地下二階への階段へと向かった。

可能な限り最速で攻略を進めなければならない。

移動はすべて駆け足で行く。

通路を通り、道中現れたネズミをすれ違いざまに蹴っておく。死んだかどうかは確認しない。追いかけてこなければそれでいい。

通路を駆け抜け、いくつか通る必要のある小部屋に入ろうとして……俺は咄嗟に足を止めた。中にネズミの姿が見えたからだ。それも十匹ほど。

「行く……そっか、ひとりだもんな」

息を整えクロに合図をしようとして、気持ちが一気に沈む。

クロは休憩所に置いてきたんだ、いまは俺しかいない……。合図も不要、俺のタイミングで突っ込めばいいだけだ。

「ふぅ……ネズミなら問題なし」

ネズミが十匹いても苦戦することはなかった。

後ろの壁に気を付け下がりつつ、近寄ってきたネズミに順に蹴りを入れていくだけで終わった。

地下一階はひとりでも問題ない、問題は地下二階からだ……。

地下二階も地下一階と同じく扉に向かうまでにいくつか小部屋を通る必要がある。

「ウサギが八……」

ウサギはつい先日、俺ひとりでも五匹までなら無傷で倒せるようになったばかりだ。

おそらく相手が八匹となると……逃げ回りながら攻撃していても倒しきる前にいずれ体力が尽き、囲まれて攻撃を受けることになるだろう。このまま突っ込めば、だが。

俺はポーションをひとつ開け、中身を飲み干すと小部屋へと飛び込んだ。

戦法としてはネズミのときと同じだ。ウサギからひたすら逃げ回り、前に出てきたやつから倒していく。ただしネズミのときと違い、逃げるにはかなり全力で走る必要がある。

全部倒すまで俺の体力はもたない。なので最初からポーションを使い、体力を回復しながら戦うことにしたのだ。

戦闘は俺の思っていた通り、問題なく進んでいく。

近寄るウサギに蹴りを入れ、跳んできたやつには鉈を振るう。

部屋の隅に何度か追い込まれることもあったが、それも問題にはならなかった。

「ふっっ」

壁を蹴って身を翻しウサギたちを飛び越え、ついでとばかりに鉈で手近なウサギを斬り付ける。

ダンジョンに潜る前であれば、到底できそうにない動きではあるが、レベルアップがそれを可能にしていた。


「……ふぅ」

数分後、俺は室内にいたウサギをすべて仕留めていた。

ポーションの効果は持続しており、息切れすらしていない。そして被弾も0であった。

「……いける！　ポーションがあればいけるぞ」

この感じなら十四部屋でも問題なくいけるだろう。

つまりそれは、地下三階でもポーションさえあればひとりで行動可能ということだ。

続いて十四部屋へと俺は突撃していた。

ここを抜ければ残りは小部屋がふたつ、それと扉のある部屋だけだ。

戦闘自体は順調だった。最初だけ攻撃を避けるのに気を回さないといけないが、それも二匹をなんとか倒してしまえば、あとは先ほどの八匹部屋と変わらない。

ただ、四匹目を倒したあたりから徐々に息が切れはじめ、動きが鈍くなってきた。

（効果切れてるっ）

全力で動いた場合、ポーションの効果が持続するのはだいたい十分が限度のようだ。この部屋に入った時点で、もう切れかけていたのだろう。

もとから五匹までは無傷で倒せるようになっているが、これが六匹になると少し苦戦する。スタミナが切れなければ十匹でも無傷でいけるだろうから、スタミナが切れないという恩恵がどれほど大きいか、わかるというものだ。

「被弾一……これぐらいなら治療はいいかな」

攻撃を一発だけ避けきれなかったが、動くのに支障はない。

攻撃を受けるようになってわかったことだが、レベルアップの恩恵は自身の耐久力にも影響するようで、一番最初に受けたウサギの蹴りと比べてダメージはだいぶ少なくなっている。

俺は治療せずそのまま次の部屋へと向かうことにした。

「あ、飲んだらどっちにしろ回復するか……くそ」

怪我を負ってようが負ってなかろうが、どちらにしても小部屋に入る際に再びポーションを飲むことになる。

次からは戦闘が終わってダメージが残っているようならその場で飲んでしまうことにしよう……。

「時間というか、回復した体力と怪我の度合いが一定に達すると効果が切れる……かな」

残りの二部屋の攻略を終えた結果から、俺はポーションの持続時間についてそう仮定した。

最初の二部屋と次の二部屋とではポーションの効果が切れるタイミングが違ったのだ。

戦闘自体の流れはほぼ同じで、違うのは事前に傷を治したかどうか。

それ以外の条件があるかもしれないが、それはいずれ確認しようと思う。

「ここからが本番……」

地下二階の階段部屋へと入り、地下三階へと下りる。

地下三階も見た目は地下一階、地下二階と変わりがない。俺はポーションを飲み干して通路を歩きはじめる。

まずは通路の敵を問題なく倒せるかだ。一匹なら問題ない。二匹だと正直どうなるか……逃げ回るっていうのはなしだ。明らかに俺が走るよりウサギ……区別するのに、でかウサギと呼ぶか……でかウサギのほうが速いからだ。

そうなると、がっしり構えてダメージ覚悟で削っていくしかないか。

もちろん避けられるのは避けたり防いだりはする。でも被弾は多くなる……ポーションの効果がどれだけもつだろうか……そう考えたところで曲がり角の先から足音が聞こえた。

通路で出くわす敵は曲がり角の先から現れることが多い。地下一階や地下二階でこのパターンは何度も経験している。俺は慌てることなく鉈を構える……が。

聞こえる足音は複数だった。

「いきなり二匹かっ」

いままでの例からいって、通路に出るモンスターは多くて二匹だ。最初は一匹で慣れていきたかったが、来てしまったものは仕方がない。俺は悪態をつきながらも襲撃に備えてぐっと腰を落とす。

ダメージは避けられないものとしても、できるだけ早く倒す必要がある。

曲がり角から飛び出してきたでかウサギは、俺を視界に捉えると一気に距離を詰めてきた。

二匹同時にではなく、でかウサギ同士は体ひとつ分距離が離れている。

俺は先頭のでかウサギが射程に入る直前に、思いっきり足を蹴り出し、でかウサギの懐に飛び込んだ。

距離を詰めてしまえば蹴りの威力は半減する。仮にガードに失敗したとしてもダメージは少なく済む。

逆にこちらは鉈で斬り付けるのではなく、突き刺す攻撃を選択したので距離を詰めたデメリットはあまりない。このときばかりは小屋にあったのが剣鉈で本当によかったと思った。

体重を乗せた鉈の一撃はウサギの腹部に根元まで埋まり込む。それと同時に俺の太ももにでかウサギの蹴りが入るが、ダメージはほとんどない。

出だしは上手くいったようだ。

「ぐっ」

だが、それは一匹目だけのこと。

俺の右脇腹にドゴォッといった感じで二匹目の蹴りがもろに入った。

蹴りの威力はすさまじく、俺の体が一瞬浮いて横に飛ばされてしまうほどだ。

……でも耐えられないほどじゃない。痛いには痛いが骨も折れてはいないだろう。

相手は重傷で俺は軽傷。しかもポーションの効果ですぐ治る。

でかウサギからすれば、ふざけるなと言いたくなる状況だ。

蹴り飛ばされた俺はすぐに体勢を整え追撃を迎え撃とうとした。

すると無傷なやつだけではなく、腹を刺されて重傷なはずのでかウサギまでもが俺に攻撃を繰り出してきた。

重傷のほうが動きが鈍い。一瞬でそう判断した俺は、迷うことなく重傷のほうへと飛びかかり、今度は首元目がけて鉈を振り下ろした。

鉈を受けたウサギは力を失い、崩れ落ちるように床に倒れ込む。

俺はもう一匹の攻撃を耐えるため腹にぐっと力を込め、右腕で頭部を庇った。

攻撃されるなら脇腹か側頭部だろう……そう思っていた。だが衝撃は正面からであった。

「がひゅっ⁉」

でかウサギの攻撃は軌道がクネクネと変わったり、フェイントを入れたりはするが、どれもが人間がやる回し蹴りに該当するものだった。

だが今回でかウサギが放ったのは、折り畳んだ足を突き出すように放つ蹴りであった。前足の先端に威力が集中し、足は俺の肋骨を折り、めり込んですらいる。

呼吸が止まり、痛みで脂汗が浮かぶ。

正直やばい。倒れ込みたいぐらい痛い……が、倒れ込んだらどうなるかはわかりきっている。

俺は歯を食いしばると、でかウサギに向け反撃を開始した。

カウンターぎみにでかウサギへと鉈を振るうが、蹴られた箇所がズキンと痛み、振り切ることができず、足を掠めるに終わる。

そのあともでかウサギの蹴りを捌いては攻撃を仕かけるが、傷が痛み、なかなか倒すことができないでいた。

「はぁー……はぁー……」

……結局、倒すまで数分かかってしまった。

息が切れていることからわかるように、ポーションの効果も切れている。

そして最悪なのは骨をへし折られた部分がまだ痛むということ。でかウサギ二匹を倒すのにポーションひとつでは足りないのだ。

（どうする、どうすればいい？　このままじゃレベルが上がりきる前にポーション使い切っちゃう）

レベルが上がれば、二匹同時に相手をしても被弾しなくはなるだろう。

だが、いままでの経験から言って、それまでに相当な数のでかウサギを倒す必要がある。

クロと一緒であればまず通路の敵を倒しまくってレベルを上げ、次に数の少ない小部屋を……と段階を踏んで強くなっていくことができたのだが、俺ひとりでは最初の通路の時点で詰んでいる。

ポーションの在庫は五十近くあるが、レベルを上げるまでに尽きてしまうだろう。

（地下二階で……ダメだ時間がかかりすぎる）

地下二階でレベルを上げるという手もあるが、同じ敵をずっと倒しているとだんだんとレベルが上がりにくくなるのだ……。地下二階でレベルを上げるとなるとかなり時間を消費するはずだ。時間に余裕があるときならともかくいまはダメだ。

（攻撃はまだ避けきれないし、防いでも軽減するだけでダメージはある………あ）

悶々と悩んでいた俺だが、ここである考えに至る。

「っ防具!!　防具を着ければいいじゃん!?」

最初にホームセンターに行っても防具は揃わないだろうと思ったのと、それに防具がなくてもここまで来られていたことから、すっかり頭の中から抜け落ちていた。

なんでそんな簡単なことにすぐ思い至らなかったのか、自分でも疑問ではあるが……そこまで頭が回らないほどに動揺していたのかな、と思う。

（……ちょっと落ち着いて考えないと）

身を守る防具は購入しようと思えば購入できる。

簡易的なものでよければ、スポーツ用品店でも売っているだろう。

しっかりしたものがどこで買えるのか俺には思い浮かばないが、これに関してはネットで検索すれば出てくるんじゃないだろうか？

ただ通販は少し時間がかかるため、できれば実店舗で揃えたい。店の情報もおそらく調べればわかるだろう。

「……今日は戻る。そして俺でも買える防具を探して明日買いに行く。攻略を進めるのはそれからだ……」

気持ちはいますぐ敵を倒しまくって強くなって先に進みたい。

でも冷静になった頭がそれじゃダメだと言っている。

俺は地下二階へと引き返し、可能な限りウサギを倒して地下一階の休憩所に戻っていった。

「クロ、ただいま」

俺が休憩所に入ると、クロが出迎えてくれていた。

それだけで落ち込んでいた気持ちがすっと楽になる。

俺はクロを満足するまで撫で回し、簡単な食事をすることにした。

食後にスマホで購入できそうな防具を調べていると、クロが画面を覗き込んできた。

「……ん？　これ、防具だよ。さすがにそろそろあってもいいよなーって、明日用意しようと思っているんだ」

俺の話を聞いたクロはじっと俺の顔を見つめてくる。

「ん、大丈夫、無茶はしないから」

そう答えて頭を撫でてあげると、クロは『にゃん』と鳴いて毛布の上で丸くなる。

無茶はしない。……無理はするけど。

＊

翌朝、俺はダンジョンの休憩所にいるクロに買い物に行くことを告げ、ある店まで来ていた。

「ここか……疲れた」

慣れない運転で緊張したけれど、事故ることもなく着いてよかったと思う。

三年になってすぐ、免許は必須だからと取得したけど、事故のあと一切運転していなかったんだ。

とりあえずお店に入ろう。できるだけ早く買って帰りたい。

「いらっしゃいませーぇ！」

店員がシャッターを開けたので、俺は一番乗りで入店する。

俺に気が付いた店員が朝からテンション高く声をかけてくる。

自分で探すと時間がかかりそうだし、ここは店員さんに頼ったほうがいいだろうね。

そう考えた俺は店員さんに向かって手を上げ、声をかける。

「あ、すみません。ホームページを見たんですが、軍用品っていまでも扱っているのでしょうか？」

「はい、ございますよー。サバゲー用ですか？」

あ、扱ってるのか、よかった。

「はい、そうです。これから始めるのですが、せっかくなら一式全部本物で揃えようかと思いまして。一式揃いますか？」

「ええ、一式ですね……そうなると、いまある在庫ですと、米軍のであれば一式ございますぅ」

俺が来たのはミリタリーショップと呼ばれるところだ。

最初はサバゲー用のレプリカはなあ……とミリタリーショップではあまり買う気はなかったが、よくよく調べてみると、なかには本物の軍装備もあることがわかった。

これならダンジョンでも使えるんじゃないかと思い、買いに来たのだ。

店員さんにサイズを告げると、次々に店内から商品が集まってくる。

五分かそこらで俺の前にテレビなどで見かける、あの米軍の装備一式が揃っていたのである。

あ、さすがに銃は本物じゃないからね？

本物が使えるなら絶対買うけど……あの速度で動き回るウサギに当てる自信はない。

「おぉ」

「着けてみますか？」

「いいんですか？」

「ええ、どーぞどーぞぅ」

いざ実物を見るとこう……なんかワクワク感がある。それが俺の表情にも出ていたのだろう。俺は店員さんの言葉に甘えて装備を着けてみることにした。

装着はそこまで難しくはなかった……着けるのが大変だと軍人さんも大変だろうし、そりゃそうだよね。

「ここ、鉄板入ってるんですね」

「そちらセラミックとなってますぅ」

「あ、そうなんだ」

胸のあたりに硬い板状のものが入っている。最初は鉄板かと思ったが違ったらしい。軽く話を聞くと、このプレートは弾を防ぐためのもので、昔は鉄板が主流だったがいまは違うとのこと。

「ええ、あとこちらヘルメットとフェイスガードですぅー」

「ありがとうございます」

フェイスガードごついな……でもこれなら、でかウサギの蹴りも結構軽減してくれそうだ。

「よくお似合いですよぅ」

「そ、そうかな……それじゃ、これ一式買いますんでお会計お願いします」

「はい、かしこまりましたぁー！」

似合っているというのはお世辞だろう。なにせ装備の見た目に対して中の人が貧弱すぎる。

……筋トレしようかな。レベルアップの恩恵で身体能力は上がっているけれど、そこに素の筋力も加わればもっと強くなるよね。

うん、そうしよう。スポーツ用品店にも寄って、筋トレ道具も揃えるとしよう。

とりあえず会計を済ませますかね。

「ん？」

会計のためレジに向かった俺だが、ふと視界にあるものを捉え、足が止まる。

「……あの、これって」

「それですかぁ？　そちらは軍のものではないですが、特殊警察などが使う暴徒鎮圧用のシールドですねぇ。銃弾ぐらいなら防ぐそうですよぅ？」

「……これもください。あとこのプロテクターも」

「かしこまりましたぁー！」

取り扱っているのは軍のものだけではなかったらしい。

盾があれば攻撃を防ぐのは楽になるだろう。それにパッドが入っていない箇所をプロテクターで保護すれば、防御面はだいぶましになると思う。

帰ったらすぐ試さないと。

家に帰った俺はダンベルなどの筋トレ道具を玄関に置くと、防具一式が入った袋を持ってダンジョンへと向かった。

「クロただいまー」

休憩所のクロに挨拶をして袋から防具を取り出していると、興味を引かれたのかクロがそばまで寄ってくる。

「それが防具だよー」

クロはしきりに匂いを嗅いでいたが、一通り匂いを嗅ぐと満足したのか、毛布の上で寝転がってしまう。

……クロにお土産も買ってくるべきだったかな？

あとでいい缶詰を開けるので勘弁してもらおう……。

「よっし、じゃあさっそく試してくるかな。お昼前には戻るからね」

取り出した防具一式を身に着けた俺は、クロにそう告げると地下二階への階段に向かう。

ネズミだと弱すぎて参考にならなそうなので、地下一階はスルーである。

地下二階へと着いた俺は、ポーションを飲み干してフェイスガードを着ける。

「……まずは試しに攻撃を受けてみるか」

防具を着けてどれぐらい動きが阻害されるのかとかいろいろ試したいことはあったけれど、まずは防具としてきちんと機能するか確かめることにした。

ちょうどいいタイミングで曲がり角から一匹分の足音が聞こえてくる。

ほどなくして現れたウサギを俺は盾を構えて迎え撃った。

……いや、防具のテストなんだし、こっちから攻撃は仕かけないよね。

「ふんふん」

ウサギの攻撃を盾やプロテクターで一通り受けてみたが、結果は上々であった。

噛みつきも防具に傷跡が少し付いただけで破れたりとかいったことはない。

「衝撃はあるけどだいぶ和らいでるし、なにより痛くない」

ダメージというほどのダメージではないと確かめることができたのは大きい。

そして動きがどれだけ阻害されるかについてだが、こちらもほぼ問題はなかった。

買ったときは重かった防具もダンジョンに入ってしまえばまったく気にならない。

「いける！　……でも靴だけは戻すかな。なんか違和感がすごい」

ただ靴だけは不満があった。

軍用の靴を履いて戦闘してみたのだが、慣れない靴のため上手く動けなかったのである。

靴に関しては、いまの登山靴をそのまま使用することにした。

うっかり転んだりしたら洒落にならないからね。

さて、防具の具合は確認できたし、一度戻らないとだ。

お昼も食べないとだし、なによりもクロの様子が見たいからね。

いまのところ、クロがつらそうにしている感じはない。

……でもそれはダンジョン内だけのことであって、地上に戻ってしまえばクロはもうまともに歩くことすらままならない状態だ。

クロの前では普通に振る舞っているつもりだけど、内心不安でいっぱいだ……。

「ただいまー」

休憩所に戻るとクロが出迎えてくれる。

ひとりでダンジョンに潜っていると、だんだんと精神がささくれ立つというか、なんかこう……まいってくる感じがする。

でもこうしてクロと触れ合っていればそんなのは全部どこかに行ってしまう。

……クロもそのことに気が付いて出迎えてくれているのかもしれない。

俺の勘違いかもしれないけど、すごく嬉しい。

「結果はよかったよ。お昼食べたら三階に行ってみるつもり」

クロにそう告げると、クロはまた俺の顔をじっと見つめてくる。

心配してくれているんだと思う。でも行かないわけにはいかない。

「夕方に一度戻るね」

安心させるようにクロの頭を撫で、俺は再び階段へと向かった。

次に目指すのは地下三階だ。

地下三階で問題なく戦えるなら攻略はぐっと楽になる。攻略速度だって上がるだろう。

逆に地下三階で通用しないなら、地下二階でひたすらウサギを狩ってレベルを上げなければならない。

時間を大きくロスするし、絶対にそれだけは避けたい。

そうこうしているうちに、俺は地下三階に辿り着いていた。

「よし……行くか」

少し進めば、すぐにでかウサギとやり合うことになる。

俺は気合いを入れ直して前へと進む。

「いた」

ほどなくして、でかウサギと接触。

俺は地下二階のときと同様に、まず、でかウサギの攻撃を防げるか試した。

胸に激しい衝撃。息が漏れる。

「っ……衝撃は結構ある。でもダメージはない……いける、三階でもいけるぞこれ」

以前に骨をへし折られた攻撃であったが、胸に仕込んだプレートによって無効化されていた。

そのほかの攻撃も、ガードすればダメージはなかった。攻撃を受けながら呟けるぐらいには余裕がある。

「次はできれば二匹がいい……」

俺は、でかウサギを仕留めると再びダンジョンを進みはじめた。

二匹に対応できるのであれば、ひとまずこの階層でやっていけるということになる。

「って、言ったそばから来たし」

二匹のでかウサギは、俺を見つけると同時にこちらに向かって攻撃を仕かけてくる。

俺はまず先頭のでかウサギの攻撃を盾で受け止めた。

「おりゃっ」

そしてぐっと力を込め、盾を押し返す。

シールドバッシュというほどではないが、でかウサギは数メートル後ろに飛ばされる。

それと入れ替わりでもう一匹が攻撃を仕かけてくるが、そちらは盾ではなく腕のプロテクターで攻撃を防ぐ。そして足を弾き返すように鉈を振るった。

鉈はでかウサギの足を切り裂いていた。けして浅い傷ではないだろう。

そしてこちらにダメージはない。

「ふぅ」

その後の戦闘も危なげなく終えることができた。

でかウサギは二匹とも床に沈んでいる。

やはり盾はもちろんのこと、プロテクターやパッド部分で受ければダメージはほぼない、いけると思えた。焦らなければ二匹相手でもガードはできるのだ。

……まずは小部屋を通らずにマップを埋められるだけ埋める。そのころにはレベルも上がっているだろうから、次に数が少ない小部屋を狙っていく。

そうやって順に進んでいけば、三日もあればこの階層を攻略できる可能性だってある。

「うっし、行くかーっ」

俺は気合いを入れ直し、次の敵を求めてダンジョンの奥へと進んでいく。

そのあとも順調にでかウサギを倒し続けた俺は、夕方、休憩所に戻るころには同時に三匹を相手取っても問題なく勝てるようになっていた。しかもポーションの消費は三つだけと実に満足のいく結果である。ちなみに探索中に宝箱も見つけているので、ポーションの収支としてはトントンである。

「ただいまー！　クロ、お腹空いたでしょ、ご飯にしよっ」

防具を揃えたことで攻略が一気に楽になった。

抱えていた不安の大部分が解決した俺は、意気揚々と休憩所へ入り、クロに声をかけた。

クロは水を飲んでいたところだったようで、舌を出したまま固まっている。いきなりテンション高くてごめん。

クロと一緒に夕食を済ませた俺は再び地下三階へと向かい、今度は四匹いる小部屋の攻略を進めようとしていた。

「おぅりゃっ！」

真っ先に突っ込んできたでかウサギを後続に向け盾で弾き飛ばす。

一匹が避けきれずに転倒し、残りの二匹は巻き込まれないよう回り込んでこちらへと突っ込んでくる。

俺は攻撃される前に潰そうと、回り込んだ二匹に対して一気に距離を詰め、鉈を突き出した。

鉈はでかウサギの喉元に深く突き刺さる。

鉈に力を込め捻るとゴリッと鈍い音がし、でかウサギの四肢から力が抜ける。

もう一匹は？　そう思ったところで脇腹に衝撃がきた。

「んがっ」

さらに横に回り込んでいた一匹から蹴りを受けたのだ。

レベルが上がったことで俺自身の耐久も上がり、以前ほどのダメージはない、がそれでも痛い。

ポーションの効果でジワジワと引いていく痛みに意識を引っ張られながらも、俺は眼前の三匹に向かい鉈を構えるのであった。

その後、戦闘は割と呆気なく終わった。

相手が三匹であればもう問題ないぐらい強くなったのである。もっとも防具がなければそうはいかないのだが……。

まあ、防具のお陰にしろ、なんとか小部屋でも戦えてはいる。

問題だったポーションの消費も三部屋に一個程度で済んでいる。

てか、防具なしとか一種の縛りプレイだよね……。我ながらもっと早く用意しとけよと思わなくもない。

まあ、それは置いといて。残っている問題があるとすれば、でかウサギの数が少ない小部屋を探すのが大変といったところだろうか。

「いてて……四匹はまだきついか。横とか後ろに回られちゃうんだよなあ…………ん？」

これが狭い通路などであれば一度に戦う数を制限できるので、たとえ相手が五匹だろうが十匹だろうが問題ないのだが、小部屋ではそんなことはできない。……そう考えたところで、ふと疑問が浮かんだ。

はたして本当にそうなのだろうか？

俺は手製のマップを見て考えた。

そしていくつか案が浮かんでくる。

「角で戦うとどうなる？　四匹同時には攻撃できないよな、たぶん。入り口は……なんとも言えないな」

部屋の四隅のどこかに陣取れば、おそらく一度に相手する数を制限できると思う。

入り口も制限できそうだが、でかウサギが襲いかかってくるかどうか微妙だ。

「……とりあえず、角でやってみるか」

物は試しにやってみよう。

まずは四匹部屋を探さないとだ。

結論から言えば、あっさりできてしまった。

「いけるじゃん」

角に陣取ると、三匹が同時に攻撃を仕かけてきた。だが残る一匹は、味方が邪魔で攻撃を仕かけられずにいた。

そして相手が三匹なら、防御優先にすればそこまで厳しい戦いにはならない。

実際、いまの戦闘は無傷で終わっている。

……あれ、これすごく楽なのでは？

もちろん楽とはいっても防具があって、しかも三匹までなら倒せる実力があれば、だけど。

防具がなければ、ただなぶり殺しにされるのが落ちだと思う。

やっぱ文明の力ってすごいな！

これならわざわざ数が少ない小部屋を探さなくても済む。レベリングが非常に捗るだろう。

……とはいっても、いきなり十匹部屋に入るのは怖い。五匹、六匹と確かめながら数を増やしていこうと思う。


防具を手に入れてから三日。

俺はでかウサギが十匹詰まった小部屋にて戦闘を行っていた。

「つくはー……十匹部屋おわり……」

最後の一匹を倒し、大きく息を吐く。

やっと十匹部屋を無傷で、しかも角を陣取らずに攻略できた。

戦法を変えてからレベリングはかなり捗った。

だが、正直楽すぎる部分があって、次の階層に進むほどの実力はまだ身に付いていないのではないか？　といった不安があり、地下四階への扉に突入する前に確かめてみたのだ。

結果は問題なし。

あとは扉の奥へと突入するだけである。

俺はポーションを飲み干して鉈を構えると、そっと扉を開け、中の様子を窺った。

「……犬かよ」

部屋の中央に二匹いるのはほかの階層と変わらない。

ただウサギなどと違って可愛げがないというか、どうも殺意にあふれていそうなのが鎮座している。

ドーベルマンっぽいのが二匹とか勘弁してほしい。

しかもデカいしさ。

……ここでじっとしていたって意味はない。覚悟を決めて行くか。

俺は息を整え集中し、一気に部屋へと飛び込んだ。

「はやっ」

部屋に入ると同時に、俺は角へと向けて走り出した。だが、部屋にいた犬が俺の前に立ち塞がるように飛び出してきたのだ。

「こ、こいつらっ⁉」

しかも飛び出してきたのは一匹だけで、もう一匹はどうしたかというと俺の後ろに回り込み、鉈を持つ手に噛みついてきたのだ。

犬は噛みついたまま頭を激しく振り、俺から武器を奪おうとしているようだった。

「このっ、離せっ！」

そう叫んで左手で引き剥がそうとするが、それはできなかった。

なぜなら俺の前に立ち塞がっていたやつが、今度は盾に噛みついてきたからである。

「こ、のっ」

こいつら、いままでの敵と違う！

頭使って連携してきてる……厄介だ。

力はそこまで強くないから武器を奪われることはないが、こう二方向から攻められるとやりにくいなんてもんじゃない。

「離せっ」

くそ、蹴りを入れても離さない！

体勢が悪くて蹴りに威力がないんだ……っ。

それでも蹴られたんだから離せばいいものを……こいつら、武器や防具を奪うまで離すつもりがないな。

いいさ、それならそれでやりようはある。

最初は焦って気が動転していたけれど、だんだん冷静になってきた。

「ぐっ……せいっ」

噛みついて離さないのならと、俺は気合いを入れて犬ごと腕を思いっきり壁に叩き付ける。

ギャンッという悲鳴とともに、右手に加わっていた力がふっと抜ける。

やっと離したかと思えば……犬はその一撃で床に沈んでいた。

まだ死んではいないが、あの様子ではもう動けないだろう。

俺は残った一匹、盾に噛みついているそいつに鉈を向けた。


「こ、こえぇぇ……」

終わってみれば割と楽勝ではあった。ただ、牙を剥き出しにして襲いかかってくる獣というのは、かなり恐ろしいものがあった。

「……でも無傷だったな結局」

噛まれた腕を見てみるが防具に歯形が残っているぐらいで、無傷だった。

痛みもほぼなかったし、こいつらは素早さと連携に特化していて、攻撃力や耐久力自体は低いのだろう。

囲まれて、防具のないところを噛まれない限りは大丈夫だと思う……。

「……さて」

腕の様子を見ている間に階段が現れていたので、俺は期待と不安の混ざった眼差しでそっと階段の先を覗き込んだ。

「……いままでと変わらないか」

扉の先には、まだダンジョンが続いていた。

その見た目は地下三階までと変わった様子はない。

いままで出た宝箱の中身はすべてポーションだ……俺としては進むほどに宝箱の中身がよくなっていくのでは？　と考えていた。

敵が強くなるだけでそれ以外変化のないダンジョンに、俺はだんだんと焦りを覚えるようになっていた。

このまま同じポーションしか出ないのではないか？　と……。

「……戻ろう」

急に体がずしりと重くなる……。ポーションの効果でも治らないことから、精神的なものなのかもしれない。

それか、寝不足などによる体調不良か。これもポーションでは治らないからだ。

……昨日、今日となかなか寝つけず、やっと寝られたと思ったら夜中に何度も目が覚めてしまい……寝不足が続いているのだ。

寝不足の原因は、攻略への焦りとポーション以外の宝が手に入らないことへの不安。

それに、敵とひたすら戦い続けたことによるトラウマ的ななにかだろうか。

戦闘中の夢というか、悪夢で目が覚めることが多いんだ。

「クロ、ただいまー」

俺が休憩所に帰るとクロが出迎えてくれる。

このときだけは、疲れとかそういうのは全部どこかに行ってしまうのだけどね。

ダンジョンに潜りはじめてしばらく経つけど、いままで俺が平気でいられたのはクロと一緒だったからというのが大きいと思う。

クロと一緒のときはダンジョンに潜るのを楽しいと強く感じていた……いまは楽しくはない、かな。やる気は無茶苦茶あるけど。

ひとりで潜るようになって数日でこのありさまだ。

さて、楽しいクロとの夕飯タイムも終わったし、地下四階の攻略に入ろうか。

試したいこともあるし、まずは通路でレベルを上げてしまわないとだ。

「クロ、行ってくるね」

俺はクロの頭を撫でて立ち上がり、休憩所の外へと向かう。

クロは俺が出ていくのを見送ると、毛布に向かい横になる。

「……？」

その姿になんとなく違和感を覚えた。

地下二階、三階へと進んでいくうちに違和感は強くなっていく。

どことなくぎこちなかったあの動き。……レベルアップの恩恵でも誤魔化せないぐらい体が弱ってきているのではないか？

そう思い至った瞬間、一気に血の気が引いた。

目眩がしてクラクラする。

「……時間がない」

クロに残された時間はわずかなのかもしれない。

いや、そうだと考えて行動しなければ……。さっき戦った感じであれば、小部屋でも十分戦えるはずだ。安全を取って通路でレベルを上げる予定だったけれど、それはなしにする。

俺はポーションを飲み、手近な小部屋を覗き込む。

中には四匹の犬がいた……ありがたいことに数の少ない部屋を引けたようだ。

俺は大きく息を吸って止めると、一気に駆け出した。

小部屋に入ると同時に直角に曲がり、角を目指す。

すると、俺に気が付いた犬が進路を塞ごうとする……が、それは想定内だ。

「だと思ったよっ」

俺は盾を突き出し、そのまま犬へ体当たりをかました。

こいつらは素早さはすごいが力はない。体当たりをかますと同時に盾に噛みつかれたが、俺はそれに構うことなく前進する。

直後に後ろ足を噛まれるが、それすらも無視して進んだ。

こいつらの力じゃスピードに乗った俺を止めきることはできない。

盾と壁で犬を押し潰し、即後ろを振り返る。

予想通りすぐ後ろに残りの犬が迫っている。一匹は盾に、もう一匹は腕に噛みついてきた……後ろ足に噛みついたやつは俺が振り返った際に首を捻ったらしく、動かなくなっていた。

俺は腕に噛みついた犬を壁に叩き付け、盾に噛みついているやつの首に鉈を叩き付けた。

やっぱりだ。

全身を防具で固めた俺は、こいつらと相性がいい。

こっちはダメージを受けないが、向こうは一撃で終わる……これならかなりの速度でレベリングできることだろう。

「三日……いや、二日でこの階層を突破する」

俺はそう決意し、次の小部屋へと向かって歩を進めた。


そして二日後の夕方、俺はその言葉を実現する。

「…………いけた」

ときにはポーションを使い、半ば無理やりなレベリングを終えた俺は、十匹部屋を角を使うことなく突破していた。

「……ん？」

次の相手を確認だけしておこうと扉へと向かった俺だが、あることに気が付いた。

「えっ⁉　こ、これって……っ」

扉の形とか大きさ、それに装飾が、いままでのそれと異なっていたのだ。明らかにいままでと違う雰囲気に俺の胸は高鳴る。

いったいなにがいるのか……俺はそっと扉を開けると中を覗き込んだ。

「……まじかよ」

犬の次はなんだろうか。猪か？　それとも熊か？　と、俺はいままでの敵からして次も獣だろうと考えていた。

だが、違った。

「……ゴブリン」

室内にいたのは三体の人型の生き物。

ファンタジーで有名なモンスターの代表格である、ゴブリンだった。

ゴブリンの姿を確認した俺は、一度扉から離れる。

「ポーションはまだある」

いくつ使ったか忘れていたが、バックパックを漁ると持ってきたポーションはまだ五つほど残っていた。

（こいつら倒せばきっと……！　倒す、絶対に倒す！）

負けるのは許されない。

必ずこいつらを倒さないといけない。

できるだけ勝率を上げるにはどうすればいい？　俺は答えを求めてやつらをじっと観察する。

ゴブリンは三体。

三体ともに手に粗末な刃物が握られている。

武器だ。初めて武器を持つ相手だ、どうする？　武器を持っているがどうすればいい？

気にするな、こっちの防具は防刃仕様だ。刺さりはしない。刺さったとしても重要な箇所はプロテクターで守っているから、ダメージは少ないはず。

まずは一体だけでも確実に仕留めよう。可能なら奇襲がしたい。

やつらは皆こちらに背を向けている。だがどういう理屈かは知らないが、こいつらは俺が部屋に入ると必ずこちらに気が付く。背後から忍び寄るのは不可能だ。部屋に踏み込むと同時に振り返るだろう。

ではどうするか？　扉を開けておいて距離を取って助走しよう。

やつらが振り返ったときにはすでに射程内だ。

一体に盾を叩き付けて、もう一体に全力で攻撃をする。

残る一体は気にするな、ダメージは覚悟の上だ。

大丈夫だ、俺は冷静だ、きっとやつらを倒せる。倒さないといけない。クロが待ってる、やつらを殺そう。

「ふーっ……ふーっ……」

ポーションを飲み干し、扉を開けて距離を取る。

まだ動いていないにもかかわらず、呼吸が荒くなる。血走っているだろう俺の瞳はゴブリンをじっと見つめて離さない。

妙に時間の流れが遅く感じるなか、俺は身を屈め……そして両足に一気に力を込め、ゴブリンに向け飛び出した。

「おおおおぁ!!」

無意識に叫んでいた。

部屋に一歩踏み込み、そこから全速力でゴブリンへと向かう。

俺の射程にやつらが入るのと、振り向くのは同時だった。

「あっ！」

俺はまず左端にいるやつに向けて盾を全力で突き出す。

そして、振りかぶっていた鉈を中央のゴブリンに向けて叩き付けた。

ゴブリンも俺に対し刃物を突き出そうとしていたが、それよりも早く俺の攻撃がヒットする。

盾を顔面に受けたゴブリンの頭は、ザクロのように割れ、濡れた音を立てる。

鉈を受けたゴブリンは吹き飛ばされ壁へ激突し、弾け飛んだ。

そして一拍遅れて、俺の右足に痛みが走った。

残ったゴブリンが俺の足に刃物を突き立てていたのだ。

だが、刃はプロテクターを通っていない。痛みは尖った金属の先端を打ち付けられたためだ。

ゴブリンは、さらに追撃するつもりなのだろう。刃物を振り上げると、再び俺に突き立てようとして――


「つぁ！」


――振り払うように振るった鉈に腕と顔を引き裂かれ、弾き飛ばされるように地面に倒れ込んだ。

そして身を起こす暇もなく俺に喉を踏み抜かれ、ビクリと身を震わせるとそれっきり動かなくなる。


「……」


壁に激突したゴブリンはズリズリと壁を擦りながら落ちていき、床に座り込むような体勢のまま動かなくなっていた。

俺は念のため、そいつの首に鉈を叩き込んでおいた。


「……勝った？」

あまりにもあっさりと終わった戦いに、理解が追いつかない。

ゴブリンの死体をつま先でつついたり、あたりをキョロキョロ見回すも、俺以外に動くものはいない。

そこまでして、やっと勝てたのだと実感が湧いてきた。

「……そ、そうだ！　なにかないのか？　宝箱とかなにかっ？？」

明らかに雰囲気の違う扉だったんだ。

それにゴブリンみたいな紛れもないモンスターが出てきたんだ。いままでと違うなにかがあったっていいはずだ。

俺はそう考えて、なにかないかと必死にあたりを見回した。

そして見つけた。

「扉が現れた……？」

俺が入ってきた扉とは反対側の壁に、新たに扉が出現していたのだ。

入ってきたときになかったのは間違いない。……あの扉の向こうになにかがあるのか、それとも待っているのか。

はやる気持ちを抑え、俺はそっと扉に手をかけた。

「……部屋？」

扉の先には部屋があった。

それも地下一階の休憩所と同じぐらい広い部屋だ……。中に入ってみるが部屋は殺風景で、一階のように噴水があるわけでもなく、ただただ殺風景——

「突破おめでとう」

――殺風景だったはず。部屋にはなにもなかったはずであった。

なのに、それはあたかも最初からそこにいたかのような雰囲気で存在していた。

人型の人の言葉を話す生き物。

一見は普通の人に見える。身長は一八〇あるかどうか、やや痩せ型、黒髪に服装は和服に近い。

顔は整っていて、ニコニコと優しそうな笑みを浮かべているが……糸目のため、表情を読み切れない。

そいつは拍手をしながらそう言うと、俺に近付いてきた。

「……お邪魔しました」

突然の出来事に混乱した俺が取った行動は、部屋を出る、だった。

「ちょっと待った⁉」

だがそいつが扉をロックしたのだろう、押しても開くことはなかった……閉じ込められたか。

「いきなり出ていこうとするとは思わなかったよ。自己紹介をしようか……私はアマツ。君にわかりやすく言うと、ダンジョンマスターと呼ばれる存在だと思ってくれていい」

「ダンジョンマスター……」

まじか、まじでダンジョンマスターか……。俺以外に人がいるってことは考えられないし、たぶんそうなんだろう。

いまのところ友好的っぽいけど……わざわざ接触しにきた目的はなんだろうか。

「私は島津……島津康平。その、ダンジョンマスターさんがなんのご用でしょうか」

なるべく失礼にならないよう聞いてみよう。

内容によっては逃げるしかない。……ダメだ出口が塞がれてるじゃん。

詰んだか……？　いや、いざとなったら殺して……なんて俺が物騒なことを考えていると、自称ダンジョンマスターのアマツは両手をぱっと広げ、ますます笑みを深くし、話しはじめた。

「いやなに、チュートリアルを突破した君を祝福しにさ。それと突破したことでダンジョンの機能が解放されるから、その説明に来たんだよ」

チュートリアル？　ここまでの道程がチュートリアルってこと？

……いや、それはいい。それよりも気になることがある。

「機能……どんな機能があるんですか？」

「いろいろあるよ。……でも君には、まずこれを説明したほうがいいだろうね」

アマツはそう言うとパチンと指を鳴らす。

なに格好つけてんだ、こいつ——

「さ、立ってないで腰かけるといい」

——なんて考えてませんよ？

「はい……」

床から椅子とテーブルが生えた。

やばい、ちょっと言動が変だけどこいつは本当にダンジョンマスターらしい。絶対に怒らせてはいけない。心の中を読むとかそんなふざけた能力だってあるかもしれない。頭の中だとしても変なことは言わないほうがいいだろう。

アマツに促され、とりあえず俺は椅子に腰かける。

それを見たアマツはさらに笑みを深くし、再び指をパチンと鳴らした。

すると俺の目の前の空間に変化が起こる。ノイズのようなものが見えたかと思えば、やがて四角く薄っぺらい板状のものが出現したのである。大きさは三十センチ四方ぐらいだろうか？　ちょうどタブレット端末と同程度のサイズだ。

「えっ⁉　あ、これは……？」

「それはチュートリアルを攻略した者に与えられる、ダンジョン専用の端末だよ。名称はまだ決まってないんだよ、なかなかいい名前が浮かばなくてね」

「はぁ」

端末？　端末って……ここダンジョンだよな？　急に端末とか言われても……くそ、頭が回らないぞ。アマツの話にもろくに反応できやしない。

「使い方はタブレットと同じ感じで使えるよ……で、そこのポイントってところを触れてみて」

タブレットと同じ……いや、ダンジョンマスターがなんでタブレットという言葉を使っているのか？　見た目も日本人とあまり変わりないし、もしかすると人なのだろうか？　いや、でもだとすると……ダメだ、わからない。

悩んでも仕方ない。ここはアマツの話をしっかり聞いて機嫌を損ねないようにしなければ。

とりあえず俺はアマツに言われた通り端末を手に取り、その端末の画面……ぱっと見は液晶に見えるそれに指で触れる。

すると、ぽぽぽんとさらに細かい項目が出てきた……えっと、改造、修復、施設……。

「いろいろ出てきたでしょ？　で、購入ってあるからそれに触れて……どう？　君の欲しいものがあるんじゃない？」

ほう……ほほう!?

アマツにそう言われた俺は即、購入に触れて画面を凝視する……ここは装備、ここはバッグ？　ここは……ポーション。

ポーションの項目を見ると、そこには俺がいままで手に入れたポーション以外にも見たことのないものが並んでいた。

まず所有済みの回復のポーション。あとは持っていない病気治療のポーション、解毒のポーション、それと……若返りのポーション!!

「!?　あ、あります！　ありまっ……こ、これ買えるんですか！？？」

端末を指さしながら、アマツの前に突き出して買いたいことを必死にアピールする俺。

必死すぎて端末の角がアマツの顔にぐっさり刺さっていたのは秘密である。

「どうどう……落ち着こうか、もちろん買えるよ。ダンジョン内でモンスターを倒すとポイントが貯まっていってね……画面の右上に数字が書いてあるでしょ？　それ、君がいま保有しているポイントだよ」

「すみません……」

馬でも宥めるかのように手のひらを向けるアマツを見て、少し落ち着いた。

……かなーり失礼なことをしてしまった気がするけれども、アマツは怒るどころかとても機嫌よさそうに見える。セーフっ？

「チュートリアル中……というか、地下四階までは一体につき一ポイント固定だけど、ここ以降の階層は獲得ポイントもどんどん増えていくから、頑張るといいよ」

なるほど……一体につき一ポイント固定か、結構倒したと思うけど……。

「五千以上ある。全部買える……！」

ポイントだけど、五千以上貯まってたよ！　てか五千体以上倒したとか我ながらやばいな、ドン引きですわ。

まあ、それはさておき。

回復ポーション以外は一個につき千ポイント必要なので全種類買えてしまうね。あ、若返りのポーションだけど、これ一年と三年の二種類あるみたいだ、両方買わないと。

「買うにはここ押して、これで個数を決めて、よければここを押して決定ね」

アマツに指示されながら購入を進める。

買う操作は非常に簡単だった。端末を数回タップするだけで目的のものが買えてしまう。

「おぉおぉっ」

端末を操作し、ポーションの購入を決定すると、一瞬の間を置いて俺の目前の空間にノイズが見え、やがて木製の箱が出現する。

この中にポーションが入ってるのか……！

「いちおう簡単に説明するよ。三年のは三週間かけて三年若返る、効果は一度だけ。一年のは一年かけて一年若返る。効果は何回でも発動するけど、こいつだけ複数同時に飲んだからって、一年で二年も三年も若返るようにはならない……要は、一年のは老化を止めるポーションってことだね。

一年ごとに飲むといい」

アマツの説明を聞いて、うんうんと頷く俺。

なるほど一年のはそういう効果か、三年のは想像通りの効果だ……きっとこんな効果の薬だってあるはずだと考えていたけど、いざ目の前にすると効果がすごすぎてビビる。

クロには躊躇なく使うけど、これも世の中に出すとまずいやつだ。

……そのへんはあとで考える。いまはとにかく戻ってクロに飲ませなきゃ。

「それと飲んでからお腹が空きやすくなるから、ご飯は多めに用意すること。あとは病気治療のポーションも飲ませておくといい。とりあえずはこれぐらいかな」

「わかりました！」

ご飯か。確か缶詰は少ないけどカリカリは結構残っていたな。

……よし、それじゃ戻らないと……。そう思い振り返るが、扉が消えていた。

待てや。

ぐりんっとすごい勢いで振り返ってアマツを見ると、アマツは少し苦笑しながら部屋の隅へと視線を向けた。

「帰りは……そこにゲートがあるから、そこを通るといいよ」

部屋の隅にはいかにもって感じのゲートができていた。

ゲームとかで出てくるようなやつ。ぼわわーんって光があふれてる感じの。

……ちょっぴりゴブリンに向けた視線と同じものをアマツにも向けてしまったけれど、俺は悪くないっ。

「地下一階にも同じものが現れているから、ここに来たいときはそれを使うといい。あ、使えるのはチュートリアルを突破した者だけだからね」

なるほどね、階層は限定されるけどショートカットもあると。

至れり尽くせりな感じだね。攻略する側としてはありがたいことだ。

……よし、いい加減クロのもとに帰ろう。

「ありがとうございます！」

「うんうん。さ、早く行くといいよ。ダンジョンの説明は落ち着いてから聞きに来ればいいさ」

「はい！　落ち着いたら来ます！」

聞きたいことはたくさんあるものの、俺が戻りたくてしょうがないことはアマツもわかっていたのだろう。

最低限必要な説明をすると、特に引き止めることもなく見送ってくれた。

落ち着いたら必ずまた来よう。そう心に決めて俺はゲートをくぐった。

ゲートをくぐると本当に地下一階へと着いていた。

……いや、疑ってたわけじゃないんだけどね。ほらちょっと不安がですね……っと、そんなことよりクロだっ。

「クロ！　お待たせっ」

視界にクロを捉えた俺は、テンションが超高い感じで声をかける。

またまたクロは水を飲んでいた最中だったらしく、舌をひょこっと出したまま固まっていた。

あ、尻尾が狸になってる。

……いきなり俺がなにもない空間から出てきたもんでびっくりしたのだろう。

「驚かせてごめん。地下五階？　から、ここまでじかに行き来できるようになったんだ」

クロに謝って事情を説明すると、やれやれって感じで水を飲むのを再開するクロ。

ゆっくり飲むといいよー……じゃなくてっ。

「それよりこれ！　特別なポーションが手に入ったから飲んで飲んで」

水飲んでる場合じゃないっ。

早くクロに若返りのポーションを飲ませないと！

俺は急いでポーションの蓋を開け、飲み皿に入れてクロの前に出す……が、クロはなかなか飲もうとしない。

「クロー……」

確かにこのポーションは食欲がそそられない色をしているけど……てか、なんでこんなどぎつい紫色と緑色の液体してるんだっていうね。

今度、アマツに色を変えたほうがいいんじゃ？　って言っておこう。

てか、クロお願いだから飲んでおくれ……っ。

「……の、飲んだ」

俺の必死な感じが伝わったのだろう。クロはしょうがない……って感じでしぶしぶとポーションを飲みはじめる。

なんとか一本分を飲みきると、じとーって感じでこっちを見つめるクロ。

……これは。

「……さっき水飲んだからもう水はいらない？　なんとか頑張って飲んで……あとこれだけでいいから」

　俺はそう言いながら、今度は病気治療のポーションを飲み皿に入れる。

　たぶんだけど、さっき水飲んで満足しちゃったから、水分はもういらんって感じだな、これ。

　若返りの三年のやつはもう飲んだから、あとは病気治療のだけなんだけど……時間かけてもいいから飲んでもらうしかないか。

　そのあとクロは十分ぐらいかけて病気治療のポーションを飲みきった。

　これで一安心……安心したら涙が出てきたわ。

　あー……よかった。

　しばらくクロを撫でながらぼーっとしていると、だんだんと感情の波も静まってきた。

　てかすっごい眠い。

「もう一本あるけど、こいつは明日飲もうか」

　一年のやつがまだ残っているけれど、これは明日かな……クロもしばらくは水分を取る気にならないだろうし。

　飲み皿に入れておいてもいいけど、時間経過で効果が切れたら困る。まあ、そんな説明はなかったし、それはないと思うけどね。たぶん。

　あとはー……クロのご飯を用意しておこう。

「その薬、飲むとお腹が空くようになるんだってさ。カリカリと……缶詰はこれとこれしかないか。明日買わないと」

カリカリは結構残っていたので、お皿に山盛りにしておく。

缶詰はふたつしかなかった。こっちもお皿に載っけてっと……今日はもう遅いから、明日お店がオープンしたら買いに行かないとだね。

……しかし眠い。

「……おやすみ、クロ」

俺はクロにおやすみの挨拶をすると倒れ込むように寝転んだ。

すぐに眠気が強くなり、ほどなくして俺は意識を手放した。

……寝に入る直前に顔に触れたフワッとした感触、あれはきっとクロだろう。

その日、俺は久しぶりに悪夢に悩まされることなく熟睡することができた。

第三章

いったいどれぐらい寝たのだろうか？　俺は頬に触れるむにっとした感触で目を覚ます。

「……んごっ」

目を開ければ、目の前に俺を見下ろすクロの姿があった。

むにっとした感触はクロの肉球だったらしい。

「クロおはよう……ん、なにご飯？」

俺の言葉に、『なー』と鳴いて返すクロ。

正解だったらしい。ご飯皿を見てみれば、見事に全部空になっていた。

「うお、全部空だし……」

そりゃ俺を起こすわけだ。

丸二日はもつ量だったんだけどな。ここまで食欲が増しているとは思わなかった。……えっと、いまの時間でやってるお店はっと……んんん？

「って、十二時過ぎてるしっ⁉」

半日寝てたってどういうことなの。

俺、そんなに寝不足だったのか……っと、それよりもご飯を買いに行かないと。まずはシャワー浴びなきゃだ。

「シャワー浴びてから買ってくるね」

そう言って俺が地上に戻ろうとすると、クロは毛布の上に行き、ゴロリと横になる。

その姿にもう違和感はなかった。半日しか経っていないとはいえ、ひと月分ぐらいは若返っているはずだ……。ポーションの効果はきっちり出ているようだ。

効果が出ているとわかり、俺の足取りも自然と軽くなる。

スキップしながら玄関に戻ったら、お隣さんにばっちり目撃された。はずいわ。

「ん……我ながらひっどい顔してるなあ」

シャワーを浴びたときにまじまじと鏡を見てみたのだけど、隈が酷いことになっていた。半日も寝たのにまだこれか……。クロも若返りのポーションの効果がすべて発揮されるまで三週間かかるし、俺もしばらくは休もうかな。

食料とかいろいろダンジョンに持ち込んでしばらく引きこもってもいいし、ポータブル電源とか買っちゃうかなー。

ま、それはおいおい考えよう。ってことでペットコーナーに着きましたよっと。

「さて、どれにするか……買えるだけ買っちゃうか」

いろんな種類があってどれを買うか迷うよね。

この際だから買えるだけ買うことにした。クロの食欲も増し増しだから余ることもないと思うからね。

買い物を終えて家に着き、袋からごそごそとカリカリやら缶詰を取り出したところで、ふと気が付く。

「……俺のご飯どうしよ」

自分の分、忘れとりました。

とりあえず冷蔵庫を漁ろう。いろいろぶっ込んどいた気がするし。

「あ、じいちゃんのタラコがある。あとはご飯チンして、おにぎりにでもするかな」

冷凍庫に漁師のほうのじいちゃんが送ってくれたタラコが入っていた。凍っているけど、おにぎりにしちゃえばそのうち解凍されるだろう。

俺は手早くおにぎりを作ると、クロの待つ休憩所へと急いで向かう。

「クロお待たせー」

休憩所に入るとクロが出迎えてくれた。

『にゃーにゃー』といつもより鳴き声が激しいので、かなり腹ぺこらしい。

俺はすぐに餌を皿に入れ、ついでに若返りのポーションを飲み皿に入れてあげる。あ、・年のやつね。

「たんとお食べ。あと、この薬も飲んでおいてね」

そう言うと、クロはすぐにご飯を食べはじめる。

ここ最近、クロがここまでご飯をがっついて食べるのは見たことがない。自分で獲物を捕っていたからというのもあるのだろうけど、やっぱ老化によるものも大きかったのだろうか……。

クロがもりもりご飯を食べているのを見ているだけで幸せだ。

本当にこのダンジョンが見つかって感謝しかない。

「タラコおにぎり美味しいなあ」

おにぎり美味しいです。

「ん、お昼寝する？」

がっつりご飯を食べたら眠くなったらしく、クロは大きな欠伸をすると毛布の上でもぞもぞしだした。

「俺、ちょっと用事を済ませてくるね。夕方には戻るから。ご飯は置いておくから、お腹が空いたら食べるんだよ」

用事……というか、ダンジョンマスターのところに行かないといけないからね。クロにそう伝えて、俺は部屋の隅にあるゲートへと向かった。


「やあ、いらっしゃい」

「お待たせしました」

俺が来ることはわかっていたのだろう。ダンジョンマスター……アマツは、椅子に腰かけたまま手招きをしている。そのテーブルの上には、おそらくお茶とお菓子であろうものが並んでいた。

「いやいや、どうせ暇だからね問題ないよ。それよりクロだったかな、だいぶ調子が戻ったようだね」

暇なんだ……。そりゃ現状俺しか潜ってないらしいし、その俺も休暇中だし、やることないのかもしれないね。

てか、クロの様子がわかってるのか。これ地下一階の休憩所の様子を把握……というか覗いてた？　かなり暇なのかもしれない。

「はい！　お陰でだいぶよくなりました……本当にありがとうございます」

「いやなに、私はただこのダンジョンという場を用意しただけさ。ポーションを得ることができたのは、ひとえに君の頑張りによるものだよ」

　でもお礼を言われて悪い気はしないかな、と言って笑うアマツ。

「さて、君がここに来てくれたのは、昨日の続きを聞きにってことでいいかな？」

　そうあらためて切り出したアマツに対し、俺はこくりと頷いた。

　昨日はほとんど話を聞けてないからね、ちゃんと聞いておかないと……。

「よろしい。では話そうじゃないか」

　アマツはにっこりと笑みを浮かべると、大きく手を広げ、話しはじめる。

「まず、あらためてチュートリアル突破おめでとう。チュートリアルとはいえ、まさかソロで突破する者が早々に出るとは思わなかったよ」

「いやー……ははは」

　うんまあ、普通は複数人でやるもんだよね。でもあの状態じゃひとりで行くしかないからねえ。仮に誰かに助けを求めるとして……まず、ダンジョンが実在するなんて非現実的なことを他人に言えたもんじゃない。

　もし、信じてくれたとしても、俺と同じレベルになるまでどれだけ時間がかかるんだって話だし、なによりそれで世間に情報が出回ったりとかしてしまって、それで結果的にダンジョン封鎖とかになってしまったら目も当てられない。

「そんな君にはプレゼントがあるんだ」

　なんですと。やったぜ、ひとりで頑張った甲斐があった！

「ありがとうございますー……カード？」

渡されたのは動物の絵が描かれたカードだった。これはいままで戦った敵の絵なのかな……。

「そう、カードだよ。地下一階層から四階層までのモンスターのカードさ」

「あ、ありがとうございます……？」

やっぱそうだった。てか、これもらってどうしろと……？

「カードもらってどうすれば？　って顔しているね」

「え、あ、いや……そ、そんなことないデスヨ」

Ｏｈ、バレてやがる。ちょっとやばっと思ったけど、アマツはなぜか楽しそうである。せーふせーふ。

「ははは！　……解放されるダンジョンの機能の中に、カードを使って装備や自身を強化できるものがあるんだ。そうそうカード自体は今後敵を倒した際に手に入るようになっているよ。昨日渡した端末はまだ見てないのかな？　ま、カードについてはのちほど説明するとして」

まじか。

そんな機能があるのか……なんかこう、ゲームみたいだね？　カード集める要素とか特に。まあ、楽しそうだから俺としては大歓迎だ。

あとで説明してくれるそうだから、そのときちゃんと聞いておこうと思う。

「まずここがなんなのか、なぜできたのかについて話そう」

お、確かに気になる。

だいたいなんで俺んちの納屋にできたのかとかさー……いや、そのお陰で助かったんだけどね。

気になるには気になるのだ。

「このダンジョンは私が……いや、我々が作ったものだ。君たちがダンジョンと聞いて思い浮かべるもの。そう、ゲームなどに出てくるダンジョンと似たようなものと思ってくれていい。ここは、そういったゲームの中に存在するダンジョンを実現したものだ」

　ゲームみたいと思っていたら、本当にゲームのダンジョンを実現とな？

　なんかちょっとファンタジーにＳＦの要素が入ってきたぞ……。

「なぜ造ったのかだが……我々は娯楽には目がなくてね」

「は、はぁ……？」

　んん？　急に話が飛んだ……？

「さまざまな世界の娯楽を楽しむことを趣味としているのだよ。この世界の娯楽は実に素晴らしい。量と質、ともに他を凌駕している……！」

「あ、ありがとうございます」

「娯楽を楽しむためには対価が必要だと我々は考えている。この世界の娯楽を楽しむために我々が用意した対価……それがこのダンジョンだ。ここでは君たちの世界にはないが、望まれているものが手に入る。それに、好きだろう？　こういうのは」

「ええ、まあ確かに……好きです」

　そういうことですかい。

　律儀というかなんというか……なんとなく、俺たちの造ったダンジョンを楽しんでほしい！　的な気持ちがありそうな気がしなくもない。

「ちなみにダンジョンがここにできたのは偶然だよ。場所はすべてランダムに選んでいるからね」

「まじですか」

すっごい偶然ですね。いや、まじで。

ランダムってことは、別に人が住んでいるところの地下限定でもないわけでしょ？　森とか山とかもろもろ含めた中から、うちの納屋が選ばれたってことだし……運がいいとかそういうレベルじゃない気がする。

いや待て、それ下手すりゃ湖の中にできたりする可能性もあったんじゃ……？　だ、大丈夫かな、このダンジョンマスター。

「それじゃ項目の説明に入ろうか。まずはカードから……ちょっと端末を起動してみてくれるかい……ああ、起動って言えば大丈夫だよ」

あ、あれ？　ダンジョンがなぜできたかの説明は、さっきので終わり？　……気になることはあとで聞けばいっか。

それよりも端末を起動しないとだ。

気が付いたら電源？　落ちててさ、再起動の仕方がわからなかったんだよな。

んじゃ、「起動っ」と。

「で、カードの項目と改造の項目、どちらからでもいいんだけど……。そうだね、改造の項目からいこうか」

「はい……おぉっ、これって私がいま着けている装備ですか？」

改造の項目をタップすると、画面にマネキンっぽいのが表示されて、そいつが着けている装備が俺が着けているのと同じっぽいんだよね。表示されてる名称も同じだし。

「そうだよ。装備の名称の下に枠があるだろう？　それがカードをセットできるスロットになっているんだ」

やっぱ俺の装備か。で、スロットとな……確かにあるね。あるけどー……。

「おー……あの、装備によってスロットの数が違うみたいなんですけど……」

「ああ、それはね。装備も使っていくうちにレベルが上がっていくのさ。レベルが高いほどスロットの数も増えていくんだ」

……なるほどね、確かによく見たら名称の横にレベルが表示されていたよ。

ちなみに鉈と靴が十で、それ以外は八だね。靴下とか下着は装備扱いじゃないっぽい。

「鉈と靴のレベルが高いのは最初から使っていたからか……あれ、枠の色が違う？」

「カードにもレベルがあって、白枠にはレベル一のカードだけ、黄枠にはレベル二までセットできるよ」

「ほあー……本当にゲームみたい」

ダンジョンハック系のゲームにありそうなシステムだ。

そして俺は、その手のゲームが大好きだったりする。

クロが全快したら、また一緒にダンジョンに潜るのを再開するつもりだったけど、本当に楽しみだ。

「カードはその端末に保管できるから入れておくといい。左下のカード一覧を押して、格納を選んで出てきた枠内にカードを押し込めば完了さ。取り出したいときは取り出しを押せばいいよ」

ん？　押し込めば……？　端末にカードを押し込めば格納できるって、どういう仕組みなんだ。カードがホログラフとかならわかるよ。でもこのカードは実際に触れるし、いまこの場に物として存在してるんだよ……それを端末に押し込めばって、もう意味がわからんぞ。

……まあ、それはさておいて。端末に保存できるのはありがたいね、うっかりなくしたり盗まれたりしたら大変だもん。

その点この端末に入れておけば……あ、あれ、これって認証機能とかあるのかな？　……あとで聞いておくか。

「カードをセットするには装備の枠をタップして、表示されたカードを選ぶだけだよ。外したいときも枠をタップすればいい。……さて、カードについてざっと説明したけどなにか質問はあるかい？」

あ、着け外しできるのはありがたいね。ゲームによっては一度着けたらもう外せないとか、外すには破棄しないとダメなのもあるし、それに比べたら割と親切設計だ。

気になること、気になることねえ……ダメ元で聞いてみるかね。

「えっと、カードってほかにどんなのがあるんですか？　魔法が使えるようになったりとか……」

「それは秘密だね。頑張って楽しみながら集めてほしい。ほかの参加者とトレードしてもいいし」

「……んえ？」

やっぱ教えてくれなかったかー……っていま、なんて言った？

「ほかの参加者って……ほかにもダンジョンがあるんですか？」

「そのとおりだよ」

あるんかいっ！　最初の説明のときに言おうよっ。

「あー……ちなみに何カ所あるんです？」

「まだテスト中だからね……いまは十五カ所だけだよ。アメリカに五つ、イギリスに五つ、そして日本に五つさ。ああ、詳しい場所は秘密だよ？　皆にも見つけたときのワクワク感を味わってほしいからね」

海外にもあるのか。てか特定の国だけなのね……事前にいろいろ調べて、国を決めたんだろうか？この三カ国ならダンジョンを造っても問題ないだろうって。

ああ。でも、まだテスト中だから……これって今後はもっと増えていくってことかな。だとするとポーションが世に出る日もそう遠くはないかもだ。

あと、ちょっとほかのダンジョンにも興味がある。場所は秘密らしいけど、数が増えればいつか公になるかもしれない。そうなったら行ってみたいところー……ん？　秘密ってことはまだ見つかっていないのかな？

「結構あるんですね。実はもう発見されているんですか？」

「…………」

あ、あれ？

なんかアマツが黙っちゃったんだけど？　いまの質問、地雷だった？　んなあほなっ。

「あ、あの？」

「ああ、すまない。発見されているか？　だったね。いまのところは、ここを含めて四カ所発見されているよ」

「おー。……でもニュースとかで見ないですね。結構大騒ぎになりそうなもんですけど」

一カ所でも見つかれば騒ぎになりそうなもんだけどね。

ここは入り口がうちの納屋の中だから、俺以外は気付かないだろうから騒ぎにはならないけど。

「……発見されたうちの二カ所は、ここと同じ極小ダンジョンでね。一カ所は野生動物の住処になっているよ」

「え……発見したのって野生の動物ですか？」

「そのとおり！　そしてもう一カ所は人が発見したのだけど、入り口を見ただけで、悪戯だと思われて埋められてしまったのさ。……あの二カ所はもう閉めようかと思っているよ。それに極小ダンジョンはもう造らないでおこうと思う」

「そ、それはまた」

確かに、うちの納屋の中にあるやつも、入り口は人がやっと潜れるぐらいの穴だしなあ。海外のダンジョンの入り口がここと同じなら……悪戯とか、動物が掘ったとか勘違いするのもわかる気がする。

……アマツとしてはその辺は想定外だったのだろうか。結構、目に見えて凹んでるぞ。

あ、でも残りは違う大きさかもしれないし？　それなら動物が掘ったとか思わないんじゃないかなー……？

「……え、えっと、もう一カ所は？」

「小ダンジョンだけど……物置代わりになってるよ」

「あちゃあ」

　なんてこった。

「ご、極小と小があるなら大きいダンジョンもありますよね？　さすがにデカければ、また反応も違ってくるんじゃないかなーって思うんですけど……その」

「……ちょっと辺鄙なところでね、まだ見つかっていないんだ」

　なんでそんなところに造ったし。

　てかアマツが暇なのってこれが原因だよね。ダンジョンを造ったはいいけど誰も来ないとかダメじゃんっ。ランダムっていってても限度があるでしょうがー。

「えぇと……多少目立つところがいいんじゃないかと……」

「そう、だね。……うん、そのうち移動させることにするよ」

　移動できるんかい。

「それじゃ説明に戻ろうか」

　移動させると決めたからだろう。明らかに凹んでいたアマツがすっと復活する。

　復活したアマツはまたにこりと笑みを浮かべ、続きを話しはじめる。

「改造の項目を開いているし、それを説明しよう。装備の名称に触れてくれるかい？　敵を倒すとレベルアップして肉体が強化されることはわかっていると思うけど、装備も同じでね。さらに装備の場合、改造して強化することもできるんだ」

「おお」

　やっぱりレベルが上がると装備も強化されるのか。

　言われてみれば、鉈をまったく研いでいないのに問題なく使えてるしなあ。切れ味とか落ちてる感じがしなかったのは、レベルアップによる恩恵なのかな。

「いまの段階で改造できるのは武器であれば強度、切れ味、重量、形状かな。防具であれば、また違う項目が出てくる。それはあとでいろいろ確かめるといいよ。改造できる回数も決まっていて、装備レベル一ごとに一回となっているよ。あと改造にはポイントを消費するから頑張って貯めてね」

「おー……」

　予想通りといえば予想通りだけど、そこまでぶっ飛んだ強化はできないのかな。残念っちゃ残念ではあるけど、バランスを考えると仕方がない……よね。

「それとね、条件を満たすと素材を使って強化できたりもする。その場合は特殊な効果が付くから楽しみにしてほしい」

「おぉぉおお」

　あったわ！　ぶっ飛んだ強化。

とはいえ、付く効果次第だけれどねー。……そして条件と素材ね？　条件はレベルと特定の階層まで攻略するとかかな……。素材はなんだろうね。宝箱から出るようになるのか、それとも敵から剥ぐのか。……剥ぐのかー、ちょっとやだなあ。

「次は修復かな。これは名称から想像できる通り、傷んだ装備を修復できるよ。折れた剣なんかもばっちり直せるから安心してね。あ、修復にもポイントはかかるよ」

　ふむふむ。便利だね、これ。

　まだ俺の装備で壊れたものはないのだけど、結構傷だらけではあるんだよね。犬に噛まれまくったから、手袋とか腕まわりが特に酷い。

壊れたら買えばいいと思っていたけれど、装備にもレベルがあるのなら、修理して使い続けたほうがいいからね。

あ、でもいい装備をポイントで買えたりするのならまた話は変わってくるか。あと宝箱の中身がどうなるかも。

聞いてみるか。

「はい！　質問いいですか？」

「もちろんだとも！」

嬉しそうだなあ。

「ありがとうございます。えっと、装備っていまのを使い続けたほうがいいんでしょうか？　それともポイントで買ったりするんでしょうか？　あと、宝箱の中身って変わります？」

「んん、難しい質問だね。……まず、ポイントで買える装備は、君たちが日常で買えるものと比べて性能はいい傾向にある。なかには特殊な効果が付いているものだってあるしね」

難しい質問だったのか。

ふむふむ、基本性能はポイントで買ったやつのほうがいいと。なにかデメリットがあるんだろうなあ。

「でもポイントで買ったものは、素の性能がいいものほどレベルが上がりにくい。つまりカードスロットが少ないんだ。なので私としては、カードを豊富に揃える手段があるのならいまの装備のまま。そうじゃないならポイントで買ったものをお薦めするかな」

「あー」

なるほどねえ……これはカードを入手できる確率次第かなあ。

〇・一％とかそれぐらいならなんとか……？　いまのところ一階層につき四桁は敵を倒しているし。

「例外もあるのだけどね」

「おおう？」

例外とな？

「宝箱の中身だけど、チュートリアルを突破したことで一新されているんだ。なかには装備が入っていることもある。そして……宝箱からはポイントで買えない特殊な装備が出ることもある」

「なっるほどー」

レア装備ってことか！

なるほどなるほど、攻略する側の心理をよくわかってますな。

目の前にそんな人参ぶら下げられたら張り切るっきゃないよね。

「こんなところかな？」

「ありがとうございますー！」

すっごい理解できましたとも。

「最後は施設だね。これはポイントを消費して、地下一階の休憩所をアップグレードできる機能だね。個室も作れちゃうよ」

「あ、いいですね、これ」

もしかすると調理設備とかも付けられるかもしれない。あと電源とか。ちょっと飲み物欲しいなーとかスマホの充電とかいちいち地上に戻るの面倒だったしね。てか、あの広場はやっぱ休憩所だったのか。

　ふむふむ。ざっとしか見てないけれど、施設ってぐらいだからいろいろあるっぽいね。

　でも……。

「……ちなみに猫用の施設もあったり？」

「あははは！　……いいよ、追加しておこう」

「ありがとうございます！」

　やったぜ。言ってみるもんだねー。

「機能については、いまはこれぐらいだね。今後もいろいろ追加されていくから楽しみにしておいてよ」

　いろいろ追加か。そういえばテスト中だったもんね。つまり俺はテストプレイヤーってことか。うむ、欲しいのあったらガンガン要求しちゃおうかな。通るかは別として。

「あとはそうだね……注意事項として、このダンジョンについて誰かに……チュートリアルを突破していない人に情報を伝えようとすると、制限がかかるようになっているよ。どんな情報を制限するかは状況を見ながらこっちで判断するね。ああ、制限といっても君がなにかする必要があるってわけじゃないから安心して。そんなに気にしなくても大丈夫だよ」

　情報の制限かー。……チュートリアルまでは自力で前情報なくクリアしてほしいのかな？　どうやって制限するのかはわからないけど、俺から誰かに話すつもりはいまのところないし、たぶん問題ないでしょ。

「以上、簡単だけど説明は終わり。なにか聞きたいことはあるかい？」

聞きたいこと聞きたいこと……いろいろあって思い出せないぞ。

えっと……なんだっけかな。気になってたこと。

「えっと……ダンジョンって小とか極小とか種類があるんですよね？　これの違いってなんなのかなーって」

ダンジョンの種類についてちょっと気になってたんだった。

「まずダンジョンの大きさが違うね、部屋の広さとかいろいろ。次に、出てくる敵の種類も数も違うよ。大きくなるほど数が多くなって敵も強くなる」

大きさ以外も違うのね。ここは極小ダンジョンだから、敵の数が少なくて弱いと。

「なるほど。じゃあここのダンジョンって比較的難易度低いのかなー？」

実際、地下一階の敵とかただのネズミだったからなあ。ちょっと弱すぎて、モンスターというより普通の動物だよね、あれ。

アマツの話を聞いて、ここのダンジョンは難易度低いのかと思ったのだけど、どうも違うらしい。

アマツは大袈裟に首を振ると話を続ける。

「いいや、そんなことはないよ。ダンジョンによって持ち込める装備に制限があるのさ。ここだと強力な装備は持ち込めないからね。装備が違うと、同じ敵を倒すのにも苦労するよ」

「あー……確かに、よくわかります」

装備まじ大事。装備に制限がかかるのか。

強力な装備ねえ……大剣とかボウガンとか？　いや、違うか。銃とかかな、たぶん。

銃か。アメリカとかだと一般人も持てるんだっけ？　日本だと自衛隊と警察ぐらい……あ、猟師もか。でもまあ使える人は限られてるよね。銃みたいな武器が必要になるかもなんて、でっかいダンジョンは攻略するのが大変そうだ。

「ほかになにかあるかい」

「いえ、特には」

まだまだあった気がするけど、説明を聞いているうちにどっか行っちゃったぜ。はははん。

「そうかい、まあなにかあったらまた聞きに来るといいよ。基本、暇だからね。あははは っ！」

そう言うとアマツは笑いながら消えていく。

猫用の施設を準備しに行ったのかなー。

しかし、思っていたよりずっと変わったキャラだよな、あの人。人って言っていいのかわからんけど。

「……戻るか」

まあ、説明は聞けたし、一度戻るとしよう。

クロが目を覚ましてお腹を空かせているかもだし。

「ク……」

ゲートをくぐって休憩所へと戻った俺は、クロにただいまーと言おうとするが、すやすやと寝ているクロの姿を見てやめる。

ちらりと餌皿に目を向ければ、減った様子は見られない。

どうやら俺が地下五階に向かって戻るまで、ずっと寝ていたらしい。

「端末でも見てよっと」

寝てるのを起こしちゃ悪いからね。

熟睡しているのならなおのことである。

俺はクロを起こさないように、そっと壁にもたれかかり座り込む。

そして端末を起動すると、すぐに操作しはじめた。

端末の中身については、先ほど説明を聞いた際にざっとではあるが見てある。ただ細かい部分は見ていないし、まだ開いていない項目もある。

今日は端末を眺めながら、ゆっくりダラダラ過ごそうと思っている。

カードの項目画面でカードをタップすると拡大表示されて、さらにタップすると裏面を見ることができた。

（カードの効果を確認できたのか）

そりゃ効果を確認できないと困るよね……どれどれ。

（ネズミが気配察知「聴覚、嗅覚」に補正、ウサギが足の筋力に補正『基本値に＋五』と気配察知「聴覚」に補正……）

カードの効果は描かれたモンスターの特性に合わせたものになっているらしい。でかウサギであれば足の筋力に補正『基本値に＋十』、犬であれば気配察知「嗅覚」といった具合である。

書いてある内容からどんな効果があるのかは想像できるのだが、どれぐらい効果があるのか見当がつかない。

「いや、そもそも基本値ってなに……。補正だけじゃどれぐらいよくなるとかわからんし」

基本値というぐらいなので素の肉体のスペックあたりだとは思うが、基本値がもともと百なのか、それとも千なのかと、もとの基本値によってこのカードの効果がどれだけあるのかが変わってくる。もし一万とかだとすると、＋五なんて誤差みたいなものである。

このあたりはアマツに聞いたほうがいいかもしれないね。秘密とか言われる可能性もあるけど……。

「しかもよく見たら使用可能部位が体になってるぞ……。体にもスロットがあるってこと？」

体にカードってどうやって使うんだろ。

体にスロットなんてないよね……？　……口？　お尻？　いや、そもそも装備にもどうやって使うことになるんだろうね。

画面をぺちぺちと触っていると、不意に俺の体にあるスロットが表示される。

「あ、出た。レベル一が二スロットに、レベル二が一スロット……鉈とかと同じか」

単にマネキンっぽい部分に触れればいいだけだったみたいだ。

スロットの数は鉈と靴と同じであった。

手持ちのカードを見てみると、どれもレベル一だ。

つまり、二枚は使えるということである。

「取り外せるんだよね？　……ネズミと犬、使ってみるか」

物は試しと使ってみることにしたよ。

これが一度セットしたらもう外せないとかなら使わなかったけれどね。

「決定、決定～っと…………ぐっ⁉」

セット自体はあっさりできた。カードが飛び出て俺の体にっ……なんてこともない。

セットして五秒経ったぐらいかな、急に異臭が鼻を突いた。

「血《ち》腥《なまぐさ》い……これ、俺の靴からか。……鉈はそうでもない。染み込んでるわけじゃないからかな」

……そういえばゴブリンの喉を踏み潰してから洗ってないな。

あとで洗おう……。さっきまで気にしていなかったけれど、臭いを嗅いじゃうともうダメだ。

「聴覚は……確かによくなっている気がする」

さっきまで聞こえていなかったクロの寝息が聞こえるからね。

ぴすーって言ってる。

「嗅覚はいらないかな……。ウサギ二種使おっと」

聴覚はいいけど嗅覚はちょっとあれだね。戦闘中に臭いでウッてなりそうだから使いにくいかもだ。

そういうわけで、使うカードはウサギ二種類にしたよ。

クロのチュートリアルが終わったら、クロはクロでダンジョンマスターからカードをもらえるだろうし、俺のカードと合わせて、あらためて分配しようと思う。

カードを見終わった俺は、次に購入からクロが使える装備がないかと探していた。

「んー……猫用の武器とか防具はないのかぁ」

ただ残念ながらクロが装備できそうな武具はなかったのである。

ナイフぐらいなら咥えて攻撃できるかなーと考えたが、クロだと噛んだほうがまだ強い気がしなくもない。

防具のほうはかなり絶望的だ。

そもそも人間用のしかないから、サイズが合わなくてどうしようもないっていうね。

俺の場合は、いまの装備がかなり強力だからこのままでいいと思うんだ。実際にいまの段階で購入できるものを見た感じ、よさそうなのはなかったからね。『?.?.?.』の表示になって買えないやつばかりだ。

問題はクロなんだよなー……。武器はともかく防具をなんとかしたい……。

そう考えながら俺は端末の画面をスクロールし続けた。

そして武器の一覧を過ぎ、防具の一覧を過ぎたときに新たな一覧が出てくる。

「アクセサリー……？　そうだ、アクセサリーなら装備できるかも」

要は小物類だ。

これなら人間用でもクロに着けられるかもしれない。

そう考えた俺は、期待を込めつつ画面をスクロールしていく。

「なになに……指輪に、腕輪に、ネックレス。ヘアバンドとかヘアピンもあるぞ」

たぶん着けるだけならいけると思う。

問題はクロがそれを受け入れるかどうか……。邪魔だからって、後ろ足で蹴られてどっかいきそう。ばばばばって。

んー、困った。

いちおうさ、ペットショップに行けば猫用の装備……というか、服とか売ってるんだけどね。

あれに防御力を求めるのはちょっと無理があるよねって話で……これはもうあれだね。

「……ダンジョンマスターに相談かなあ」

そう呟いた直後、背後から急に声がかかる。

「呼んだかい？」

「っうわぁ⁉」

滅茶苦茶ビビったわ⁉

つーか背後、壁だよ？？　背後の壁から顔だけ出して声かけるとかさ、もう驚かせる気しかないよね⁉

「あははははっ！　お困りのようだねぇっ？」

なにわろてんねん。

「……ちょっとですねえ、驚かせてくる人がいて困ってるんですよ」

「それは大変だねっ！」

皮肉が通用しないぞ、こいつ。

あえてスルーしているのか、本当に気が付いていないのか判断つきゃしない。

「あー面白かった」

…………ひっぱたいていいかなあ？

「それで、猫用の装備が欲しいんだったね？　ちょうど私もペット用の装備を用意しなければと思っていたところなんだよ」

葛藤しながら右手をぐーぱーしていると、クロ用の装備について話しはじめるアマツ。

こんちくしょーめ。

「この世界では飼い犬と狩りをするんだってね？　ダンジョンでも例外ではないと思ったのさ」

「犬はあるでしょうねえ……猫はあまりいないかもですが」

日本でも猪とか熊を狩るときに犬を連れていくんだったかな。海外でもそうだよね？

ただ、猫と一緒になってないよね……？　猫でも小動物ならいけるかもだけど、その場で獲物を食っちゃいそうだし。

「手間的には大して変わらないからね、問題ないよ。クロはここのダンジョン最初のお客様だからね、これぐらいはサービスしないと」

ほうほう。それはありがたい。

てかクロが最初だったのか……まあ、うちの納屋の中にあるんだし当然か。逆に俺とクロ以外が見つけてたとしたら怖いわっ。

「準備するまで三週間ほど時間をくれるかい？　島津くんはそれまでポイントを貯めておくといいさ。それじゃ、またね！」

そう言うだけ言うとアマツは壁の中に引っ込んでいった。

「……行っちゃった」

出てきて喋ればいいのに……と思わなくもない。いまだにアマツのキャラがよくわからないぞ……悪い人じゃないのは確かだけど。

「ポイントかあ……」

ポーションを入手するのに結構使っちゃったし、そこまで余裕があるわけじゃないんだよね。

装備は最低価格が千ポイントからだったから、クロの装備を整えることを考えると五千はあったほうがいいと思う。

装備の改造にもポイントかかるしなあ。なにをやるにもポイントポイントで……アマツに言われた通り稼がないとダメだなあ。

まあ、ポイントはあとで稼ぐとして、とりあえず施設の機能の詳細を見てしまうかね。

「えーと……部屋拡張、部屋増設、設備の三つか」

項目はあまりないね。中でさらに分かれているのかなー。

とりあえず部屋拡張からっと。

「部屋拡張は名前のまんまだなあ」

本当にそのまんまだった。

いまいる部屋が体育館の半分って感じなんだけど、それを体育館並みにできるっぽい。

必要ポイントは五千か……いまは不自由ないし、これは後回しだな。

次に増設について見てみよう。

「部屋増設はー……ここに隣接する感じで増えるっぽいな。お、部屋の種類が結構あるぞ」

増設できる部屋の種類はいろいろあった。

寝室（畳、フローリングなど）、娯楽部屋、筋トレルーム、会議室、音響室……などなど。

「んん⁉　ね、猫部屋？？」

その中に一際目立つ部屋があった。その名も猫部屋である。

これ、アマツが用意してくれたやつだよね？？

どうしようすっごく欲しい。欲しいんだけどー……。

「はっ⁉　五万もするのっ！？？」

必要ポイントを見て絶望した。

なんだよ五万って、地下一階のネズミ全部やっつけたって全然足らないぞっ。

ちくせう。

「さすがに手が出ない……。いや、そういえば」

いまは手が出ない。手が出ないけど欲しい。でもポイントがない。

そんなときに俺はアマツが語っていたことを思い出した。

そう、アマツは以降の階層はもらえるポイントがアップすると言っていたのである。

「……ゴブリン弱かったよな」

そしてなぜか地下六階から出てくるゴブリンは弱い。

正直、ゴブリンゴブリンより犬のほうが強いのである。

「……ゴブリンおいしいんじゃね？」

こうして〝ゴブリンじぇのさいど〟が決定したのであった。

まあ、狩るのは明日からだけどね。

クロが飲んだ若返りのポーションが完全に効果を発揮するまであと三週間。その間にできるだけポイントを稼ぎたいところだけど……無理しない程度に頑張るつもりなのだ。

「午前中は潜って、午後は端末の確認とー……」

いままでのように一日中狩るのはやめ、午前中だけにしよう。

午後からは家事をしないとだし、あと筋トレもしないと。

「結局、筋トレグッズを買ったのはいいけど、使ってないんだよね」

ダンベルとか、玄関に置いてそれっきりだったりする。

ぶっちゃけ使う余裕がなかった。

でもいまなら時間はあるわけだし、休憩所に持ち込んで筋トレしちゃおうかな。


ってことで、さっそく持ち込んだのはいいんだけど。

問題が発生した。

「か、軽すぎる……」

レベルアップの恩恵で、せっかく買ったダンベルがまったく意味をなしていない。

いま使っているのは十五キロのダンベルだけど、せいぜい三～四キロ程度にしか感じないのだ。

てかね、家に取りに帰る前に気付けよって話ですわ。

「戻すか……」

ダンジョンで筋トレやっても、あまり意味がなさそうとわかった俺は、ため息をついて筋トレグッズ一式を抱えた。

ダンジョンに運び込んだこいつらを、再び家に持ち帰らねばならんのだ。

正直、面倒臭い……。ダンジョンの入り口は狭いので、四つん這いで進むことになる。そんな状態で嵩張《かさば》るものを一気に運ぶことはまず無理なので、何往復もするはめになってしまった。

むっちゃ大変だったぞっ！

＊

十五キロのダンベルを両手にひとつずつ持ち、上腕二頭筋を鍛えるべく交互に持ち上げていく。

「五九……六十」

一秒に一回のペースで動作を繰り返しているが、その数が六十に達しても勢いが衰えることはない。

「ふぃー」

一息ついてダンベルを床に置く俺だが、その額には汗ひとつかいていない。

これはダンジョンに潜り続けるうちに素の体も鍛えられたからである。

……なんてことはなく。

「やっばいなこれ、がんがん筋肉つくのわかるぞ」

力こぶ、と呼ぶにはいささかひょろっとした腕をつついて、そう呟く俺。

その傍らには空になったポーションがいくつも転がっていた。

ずるしましたゴメンナサイ。

いやー試しにポーションを飲んでやってみたら捗ること捗ること……。

素だとせいぜい三〜四回しか持ち上げられないダンベルも、ポーションを飲めば何回でも連続でいけちゃうのだ。

しかも筋繊維が切れたそばから治っていくもんで、どんどん力強くなっていくんだよ……これ、まじでやばい。

筋トレの種類とかはネットで調べればわかるから、とりあえず一通り六十回一セットずつやってみようかと思ってる。

「んがっ……一っ……二っ」

上腕二頭筋の次は三角筋だ。サイドレイズという、腕を真横に上げる筋トレをやってみる。

が、普段全然鍛えてないもんで、腕がぷるぷる震えて一度持ち上げるのがやっと……といった感じである。

「五九……六十」

……といった感じだったのだが、カウントが六十になるころには震えはなくなり、腕を上げる動きもスムーズだ。

それぐらい効果があるのである。

ほんとやばい。

「ポーションの在庫まだ結構ある……」

これだけ効果があるのなら、もっと本格的に器具を揃えてもいいと思う。

地下四階であまりポーションを消費しなかったので在庫に余裕もあるしね。

「午前中はひたすら狩って、午後はのんびり過ごす。で、風呂前に筋トレして寝る」

これを三週間続ければかなり鍛えられるのではないだろうか？

筋トレの参考にしている動画の人物のように、ムッキムキになる日もそう遠くはない。

そう考えた俺は、即行でシャワーを浴びてスポーツ用品店に向かっていた。

「ちょっと買いすぎたかな」

帰宅して、買った筋トレ器具を俺の部屋へと持ち込むが、部屋の半分が埋まってしまった。

＊

筋トレを開始する前にダンジョンにいるクロの様子を見に行くと、ちょうど目を覚ましたタイミングだったらしく、眠そうにしながらも『にゃーっ』と鳴きながら擦り寄ってきた。

「ん、クロおはよ」

ぐるぐると喉を鳴らすクロをひとしきり撫で、ちらっと餌皿に目を向ける。

餌の量は前に見たときと変わっていないようだ。いままでずっと寝てたんだね。

「筋トレしてくるから、お腹が空いたらご飯食べててね」

そう告げる俺。

クロは『にー』と鳴くと餌皿に向かい歩いていく。どうやら、お腹が空いて目が覚めたらしい。

その日、家に戻った俺の筋トレは夜中まで続くのであった。

＊

翌朝、俺は予定通り地下六階でゴブリン狩りを始めていた。

「どっせい」

かけ声とともにゴブリンの顔面に蹴りを入れると、べきょっと首がへし折れ、グリンと顔が真後ろを向く。即死である。

「蹴りの威力が上がってる……？　ちょっとわからないなあ」

なんとなく蹴りの威力が上がっている気もするが、それが筋トレの効果なのかカードの効果によるものなのかはわからなかった。

午後になったら基礎値について、アマツに聞いてみようと思う。

昨日は筋トレに夢中で聞くの忘れちゃったんだよね。

「まあいいや。やっぱ犬より弱いよなこいつら……えっと、いまので何ポイントもらえたのかな？」

ちなみに、いま俺がいるのは小部屋の中である。

ちょうど四体しかいない部屋があったので突っ込んでみたのだ。

やはり俺の感じた通り、ゴブリンは犬より弱かった。

力は犬とどっこいで、素早さはだいぶ劣るといった具合かな。手に持つ刃物も切れ味が鈍く、攻撃力は犬の牙と大差ないだろう。

つまり、十四部屋でも余裕ということだ。

「四体で二十ポイントか……おいしいな」

それなのにポイントを確認したところ一体につき五ポイントもらえているようだった。犬の五倍だよ、おいしすぎる。

「よっしゃー、狩るどー！」

これだけ効率がいいのなら、猫部屋を追加するのも夢ではない。俺は気合いを入れると次の小部屋に突撃するのであった。

そして、三日が過ぎたときにそれは姿を現した。

「うぉっ⁉」

そろそろお昼も近いので、このあたりで切り上げようかな？　と思っていたときだった。

小部屋に溜まっていたゴブリンを瞬殺し、さあ帰ろうと振り返り……ゴブリンの胸元に、なにかぼんやりと光を放つものが浮かんでいるのに気が付いた。

「カ、カードだ」

それはよく見るとカードだった。

アマツの言う通り、チュートリアルを突破したことで、カードを入手できるようになっていたのである。

「四千以上増えてる……ってことは八百体以上倒したってことか」

端末を開いてポイントを確認すると、ゴブリン狩りを始めたときからそれだけポイントが増えていた。

マッピングしながらとはいえ、一日二百～三百狩れているのでなかなかいいペースだとは思う。

明日ぐらいには、地下六階のマップが埋まる予定なので、それ以降はさらに狩るペースが上がるだろう。ああ、ちなみに階層の話だけど、犬が出た階層が地下四階で、アマツと出会ったところが地下五階、そしていまいる階層が地下六階である。

さて、それよりも……。やっと手に入ったカードだ、どんな効果なのか確認しないとね。

「効果は……夜目？　暗くても見えるってことかな？　便利そうだけど……ああ、そのうち暗い階層とか出てきたりするのかも？　クロは猫だからそのままで大丈夫だよな。俺にはこれがあれば暗くても平気になるのか。夜道を歩くのによさそうだ……」

カードの効果は「夜目」とだけ書かれていた。

想像するに暗闇で目が利くようになるってことだろう。いまのところダンジョン内では必要とする場面はないが、いずれ暗い階層が出てきた際に役立つだろう。あと日常生活でも便利っちゃ便利かも？　日中に太陽の光で目がぁっとかならなければだけどね。

「よしよし。それじゃあタイミングもいいし帰るかな。っと、お宝を忘れずに回収しないとね」

チュートリアルを突破したことで変わったのはカードのドロップだけではない。

ちゃんと宝箱の中身も変わっていたりするのだ。

……アマツの説明を疑っていたわけじゃないヨ？

「お宝おーぷーん」

いままで宝箱の中身といえばポーション一個だけだったんだけど、まず個数が一個じゃなくなった。

一～五個ってところかな。中身はポーション各種が多いけど、たまーに装備も入っていたりする。

アマツはたまに特殊な装備が手に入るようなことを言っていたけれど、いまのところはそういった装備は入手できていない。どれも端末で購入できる装備ばかりだ。

「んげ、デカいの入ってるなあ……すっごい履き心地悪そうな靴だ」

でも、見た目は同じだけど実は特殊装備……という可能性も捨てきれないため、宝箱の中身はすべて持ち帰るようにしている。

装備すれば端末で確認できるからね、休憩所に戻ってから端末で確認するのだ。いまこの場ではいちいち着替えるのが面倒なのでやらない。

ただ全部持ち帰るとなると結構、嵩張るんだよね。なので道中宝箱を見つけてもすぐには回収せず、帰るときにまとめて回収するようにしているのだ。

さてさて、回収したし戻って確認しよーっと。

「ハズレか……なんだよ木靴って、まともに歩けないじゃんっ。特殊効果もないしー」

ハズレでしたわ。

俺は脱いだ木靴を大きめのダンボール箱へと放り込む。

捨てるのも勿体ないし、とりあえず持ち込んだダンボール箱に詰めて保管してあるけど……これそのうちとんでもない量になるよね、たぶん。

木靴ぐらいならばらしてゴミに出せると思うけど、そのうち捨てて拾われたらまずいのとか出てくるかもだよね。

んー……購入機能はあるんだし、売却もあればいいのになー。

あとでアマツに言っておくか。

いまは猫用装備の開発で忙しいのか、地下五階に行っても不在だったりするし、あとでまとめて話すとしよう。

と、そんな感じで日々の日課を過ごすこと早二週間。

午前中の狩りを終え、昼食を済ませた俺は休憩所で端末のポイントを眺めていた。

「二週間で三万ポイントか……六千体も倒したのか俺」

マップを埋めたことで狩るペースも上がり、俺は二週間で三万ポイントを稼ぎ出すことに成功していた。後半はだいたい一日五百体ペースとかなりハイペースで狩っていたが、いまのところ体調を崩したりとかそういったことはない。

前に一日中ソロで狩っていたときを考えると、これぐらいのペースがちょうどいいのかもしれない。

「そしてゴブリンカードは五枚と。……出現率は〇・一%とかそんな感じかな」

ゴブリンカードは合計五枚入手できた。

一日に二枚とか出たこともあったが、出ないときはまったく出なかった。

狩った数がそこまで多くないから〇・一%ってのも結構ばらつきはあると思う。

ばらつきがあろうがなかろうが確率が低いなーと思うけど、マップ埋める間に千は狩れると思うし、ちょうどいいのかなーとも思う。

まあ、俺とクロみたいにペアの場合だけどね。これが大人数でパーティー組んでたら人数分のカードを揃えるのは、大変なんじゃないかな。

「これ、クロが復帰するころには、十枚ぐらいになってそうだな」

クロが復帰するまであと一週間。

このペースでいくと、上手くいけば十枚ぐらい集められそうである。

まあ、現状は交換する相手もいないので、このまま端末に死蔵することになるだろうね。

そうそう、薬を飲んで二週間経ったわけで、結構クロの体調もよくなっているみたいだよ。

なにせ、いまも部屋中を縦横無尽に走り回ってるからね。

文字通り縦横無尽だよ。もう天井とか床とか関係ない感じに走り回ってる。

「クロ……クロってば、もうすっかり元気になっちゃって」

元気になりすぎた感がある。

なんだっけ、発散運動だっけ？　体力あり余ってるんだろうねえ。

この間も俺がゴブリン狩りに行こうとしたら、しれっとついてこようとしてたし。

「これだけ動き回るとなるとー……この休憩所だと狭いよなあ」

そう呟いて端末の施設の欄を見る俺。

「でも部屋拡張に五千ポイント使うんだよなあ……猫部屋が遠のいちゃう」

部屋拡張をすれば、クロが思う存分走り回れるだけの広さは確保できるはず。

でもそれをやると猫部屋の設置が遠のいてしまうわけで……クロには申し訳ないが、あと一週間我慢してもらおう。


なんだかんだで、あっという間に三週間が経った。

これで若返りのポーションの効果はきっちり出ているはずである。

クロもいい加減、部屋でじっとしているのは限界みたいだし、俺もソロで狩り続けるのはさすがにきつくなっている。

なので、明日からはクロと一緒にダンジョン攻略を再開したいと思う。

明日に備えてということで、今日は一日、家の中で過ごすことにした。

まあ、ゆっくりするだけならダンジョン内でもよかったんだけどね。ダンジョンに持ち込んでいた毛布とか洗濯したかったし、ちょうどいいタイミングだから一度引き上げることにしたのである。

午前中は洗濯したり、なおざりになっていた家の掃除なんかをして過ごしていた。

クロは家に戻ってしばらくの間、いろいろ匂いを嗅ぎ回っていたりしたけど、落ち着いてからはずっとお昼寝タイムである。

午後は日課となった筋トレをしながらテレビを見てたりする。

もうちょっとしたら夕飯の買い出し行こうかな？　ここ三週間は手抜き料理ばかりだったので、今日はまともに作ろうかなーなんて考えている。

あ、そうそうこの三週間筋トレを続けたわけだけど、かなり筋肉ついたよ。

服の上からでも、体全体に筋肉ついているなーってわかるぐらいだ。

いい感じで脂肪が落ちているので、腹筋が割れているのは当然として、上から下まで全体的に筋肉がついてマッチョっぽくなっている。

ボディビルダーみたいに、とはさすがにいかないけれど、なにかスポーツやってるんだろうなーぐらいの肉体にはなっていると思う。

それもこれもポーションのお陰である。

もう、これなしじゃ生きていけない……本日、三本目のポーションを飲もうと手を伸ばしたときであった。

　不意に家の電話が鳴る。

「ん、電話だ……はい、島津ですー」

　誰だろ。なんとなくじいちゃんかなーって気はするけど。前に会ってから一カ月以上は経ってるしね。

「おう、康平か」

「あ、じいちゃん、おひさしー」

　電話をかけてきたのは予想通り、じいちゃんであった。

「元気しとったか？」

「うん、元気元気」

　俺もクロも超元気です。

　クロは若返って体力が戻ったからか、起きているときは常になにかしら体を動かしているよ。

　じいちゃん、久しぶりに見たクロがすごいアグレッシブになってて、ビックリするんじゃないかな？

「なら、よかったわい。ところでこのあと時間あるか？　長いも収穫したでな、持ってっちゃるわい」

「おお！　ありがと、じいちゃん！　そっか、もう収穫時期かー」

「今年のもなかなか出来はいいでな、うまいぞ」

「長いも美味しいもんねー」

長いもやったー！

じいちゃんの家っていろいろ育てているらしく、旬な野菜を結構頂けちゃったりするのだ。

さすがに真冬は無理だけどね。

「それじゃちょいと準備して向かうでな、着くのは十五時ぐらいだなあ」

「わかった、その時間は家にいるねー」

「おう、それじゃまたあとでな」

「またねー」

十五時ね、いまの時間は十四時前と。

「長いも長いも。麦飯と牛タン、高菜漬けかな……よっし、まだ時間あるし買い物してこよう」

今日の夕飯は決まった！

トロロご飯と牛タンで豪勢にいっちゃおう。

この前ご馳走してもらっちゃったし、今日は俺が夕食を用意しよう。

牛タンはじいちゃんもばあちゃんも好きだから、たぶん喜んでくれると思う。


ちょっといい牛タン買っちゃった。

買い物から戻ると、さっそく支度をする。

「十八時にセットしてっと……」

麦飯……といっても普通のご飯にちょっと麦を混ぜただけだけど、スイッチを入れて準備万端だ。

あとは長いもをすって牛タンを焼くだけである。

「お、来たかな」

そうこうしているうちに十五時になっていたらしい。

玄関のチャイムが鳴る。

「じいちゃん、ばあちゃんいらっしゃいー」

「おう、これ長いもな……こ、康平？」

「あらあら、まー」

「おー、いっぱいだー……ん？」

ダンボール箱にどさっと入った長いもに感動していると、なにやらじいちゃんとばあちゃんがこっちを見て驚いているのに気が付いた。

「お前少し見ない間にずいぶんガタイがよくなったなあ」

ああー。そうだった。

「あー、筋トレ始めたんだ。結構頑張ったんだよー……ほら、上がって上がって。お茶出すから座っててー」

「お、おう……」

とりあえず筋トレ頑張った、で誤魔化しておこう。まあ、ずるしているけど頑張ったのは確かだし。

「はい、お茶～」

「お、すまんな」

「ありがとねぇ」

「しかし、なんでまた急に筋トレを？」

お茶をずずっと飲んで一息つくと、じいちゃんがそう尋ねてきた。

どうすんべ、ダンジョン潜るためですーなんて、馬鹿正直に言うわけにはいかんし。

なんかそれっぽい理由で誤魔化しておくべ。

すまぬ、じいちゃん。

「んー、卒業して時間あるし。それにほら、農業って結構、力仕事って聞いたからさー」

「……おう、そうかそうか。確かにかなり力いるからなあ。うんうん、そうかそうか！」

Ｏｈ、じいちゃん、なんかすっごい嬉しそうで申し訳なさが半端ないんだけど。

いや……そのうち手伝うつもりだったし！　嘘じゃないからセーフセーフ！

「あ、せっかくだからご飯食べていきなよー。実はもう買ってきちゃったし」

話しているうちに結構いい時間になっていた。

帰ると言い出す前にご飯に誘ってしまおう。

「おう、すまんなあ。せっかくだしお呼ばれするかあ」

「ありがとねえ、なにか手伝えることあるかい？」

「んー、トロロも作るから味付け手伝ってほしいかなー？　ちょっと不安なんだ」

「ほいほい」

長いもをするぐらいなら問題ないんだけどね。味付けに不安がある。

せっかくの長いもだし美味しく食べたいもんねー。ってことで、ばあちゃんと夕飯の用意をするのです。

じいちゃんはクロを抱えて不思議そうにしていた。

たぶん肉付きがよくなったからだろう、前は本当にガリガリだったしね。てかクロ、じいちゃんばあちゃんの前だと大人しいな！

ポーションか——……いずれは、じいちゃんばあちゃんにも飲ませたいね。

こっそりなにかに混ぜて……は、色がやばすぎて絶対バレるからなあ。

あーあ、ポーションが薬局で買えるようになればいいのになー。

アマツもダンジョンを移動するつもりらしいし、そのうちニュースになるとは思うけど、そこまでいくのにいったいどれだけ時間がかかることやら。

「うまうま」

トロロ美味しい。牛タンも美味しいし高菜も美味しい。

ばあちゃんが長いもを千切りにして出してくれて、これもポン酢とかつけて食べると美味しい。

要は、すごくご飯が進みます。

三人だし多いほうがいいかと五合炊いたけど、全部なくなった。

主に食ったの俺だけどな！

「多いと思ったが全部売れたなあ」

「筋トレ始めたらお腹が空くようになっちゃってねえ」

ポーションは傷を治したりスタミナとかを回復してくれるけど、その分やたらとお腹が空くんだよね。特に筋トレを始めてからは食欲がやばい。お肉、美味しいです。

こんなに食ったら太りそうなもんだけど、日々の狩りと筋トレできっちり消費しているから、脂肪は減る一方だ。

　ふふふ。

　ご飯を食べて休憩したところで、じいちゃんがそろそろ帰ると言い出したんだけどー……。

「さて、それじゃあまり遅くなっちゃ悪いからな。ここらでお暇す……あたたっ」

「大丈夫？　腰痛めたの？」

「収穫するときにちょっとなあ……」

　立ち上がろうとしたときに腰に痛みがきたらしい。

　農業って作業によってはかなり腰にくるらしいからなあ。じいちゃんも結構な年だしつらくなってきているのだろう。

「ありゃー……湿布いる？」

　ポーションをあげたいところだけど、そのまま渡すのはさすがにまずい。

　なので湿布に染み込ませて渡そうかと思ったのだけど。

「いや、もう貼ってあるでな、大丈夫だ」

「あ、そうなんだ」

　もう貼っているらしい……。

　立ち上がってしばらくすると腰が落ち着いたらしく、結局じいちゃんとばあちゃんはそのまま帰ることになった。

「それじゃまたねー。長いもありがとー」

　そう笑顔で手を振り見送る俺であるが、心の中ではかなり葛藤している。

怪我も病気も若返りも全部のポーションを渡して飲んでもらいたいが、このタイミングで渡すと出所とか聞かれるよね？　開発中の新薬です……じゃたぶん誤魔化せないし、なんでお前が持ってるんだーって話になっちゃう。

こっそり飲ますのも色がどぎついので無理だ。

腰についてはやっぱり湿布に染み込ませて……いや、でもよく考えたら湿布でも貼ったら一瞬で治るよな。ダメじゃん。

うーんうーん……どうしよう。

*

「と、いうわけなんだけど」

「ふむふむ」

翌朝、俺は家のリビングを駆け回るクロに、ちょっと用事を済ませてくると言って出かけると、アマツに昨晩の出来事を相談しにきていた。

俺の頭じゃろくな案なんぞ出てくるわけもなく。

もう神頼みならぬダンマス頼りである。

「ダンジョンが増えるならいずれポーションは出回ると思うんだ。でもそれより前にじいちゃんの腰を治してあげたくて……なにかいい方法ないかなーと」

「いいよ。猫用装備が作り終わってまた暇になっちゃったからね。なにか適当に見繕っておくね」

「ありがとうございます！」

おお、あっさり引き受けてもらえた！

ありがてえ、ありがてえ。

って、また暇になったんかこの人。

「ダンジョンの場所、もっと目立つところにしようかな。ちょっと日本国内のダンジョンを移動してみたんだけど、ダメだったみたいでねえ」

「ありゃ……この際かなり目立つところでもいいんじゃないですか？　少なくとも森とか山はやめたほうがいいかなーと」

ダンジョンはやっぱ攻略する人が存在してなんぼだと思うのですよ。

アマツは遠慮して邪魔にならない場所に置いているのかもしれないけど、もっと大胆にいってもいいと思うんだ。

「確かに。目立つところは……ま、それはおいおい考えよう」

俺の言葉にアマツは頷き、なにか考え込む仕草をするが、すぐにやめる。

「今日からクロと一緒に攻略するんだったね？　端末の中身はクロには見えないけれど、買った装備は着けることができるよ。いいのを選んであげるといい」

！　そうだった、クロの装備を買わないと！

いやー、楽しみだ。

いったいどんな装備を用意してくれたんだろうね？

そうして俺はわくわくしながら端末を起動するのであった。

ポイントはかなり貯まったけれど足りるかはわからない。

武器と防具どっちを優先するか？　っていったら、やっぱり防具かな。爪と牙だけじゃそのうち限界がくるだろうから。武器も必須ではあるのだけどね。

まあ、とりあえず防具を見てみよう。ポイントが余ったら武器も買えばいいし。

そう思い購入の画面に行ってざーっと防具を眺めていたのだけど……。

「どれがいいかなー？　まずは防具から見て……防具、か……ら？」

なんか変なのあるんですけど。

「あの、これって」

画面を指さして思わずアマツに聞いてしまった。

俺の指先にあるのは……蛙の着ぐるみ（猫用）だった。

こんなのおかしいよっ。

「この世界にはペット用の服がもうあるみたいだったからね、それを参考にしてみたんだよ。どうだい？」

「んぅっ……い、いいと思います」

「あっははは！　そうだろう？」

変な声出たわ。

すんごくいい笑顔で言われると本音は言えない……。

くそ、これどっかで見たことあると思ったら、ペットショップだわ。

よく見たらほかのも全部変なのばっかじゃん！　ふりふりドレスとか、タキシードとか、なんだ

よケルベロスって！　クロは猫だぞっ⁉

いかん……落ち着け、落ち着くんだ俺。

まだほかにもある、全部見たわけじゃないんだ。なかにはちゃんと防具っぽいものが………あ、
あった！　あったぞ！

「こ、これだ！　これなら……一式二万五千ポイント？？」

ポイントたけぇっ⁉

貯めたポイント半分持ってくとかどんだけ。

でも、これはちゃんと見た目が防具っぽいんだよな……あれだ、某モンスター狩っちゃうゲームのお供が着ている服、あんな感じだ。

二足か四足かの違いはあれど、似合うのは間違いないだろう。

もうこれを買うしかない。

でもお高い……これ、こいつだけが高いのか？　もしかしてさっきの蛙とかは安いのだろうか？

そう思いちょっとスクロールバーを戻してみると……。

「ど、どれもお高い」

蛙もふりふりドレスも全部同じ値段だった。まじかい。

「いやー、なにせ装備だからねえ。ちゃんと実用できないとダメでしょ？　だからどうしても要求ポイントが高くなっちゃうんだよ」

「なるほど……よし、これ買います！」

見た目はあれだけどちゃんと防具として機能すると。なら見た目だけで選んで問題ないなっ。さっ

きの一番防具っぽいやつを買っちゃおう。

俺はアマツに買うと宣言し、決定ボタンをぽちっと触る。

すると、俺の前にちょっと大きめの箱が現れ……ポイントが一気に半分になった。

猫部屋は遠のいたけれど、ポイントはまた貯めればいいし。なによりこれでクロの安全が確保できたのはでかい。

「じゃあ次は武器だね……といっても、そっちはふたつしか用意できてないんだけどね」

おや、防具はこんなに多いのに。

それだけすごいものを用意したってことかな？

「あら？　腕輪と首輪……ぶ、武器だよね？」

すごいの……？

なんで武器の欄に腕輪と首輪が……？　これどっちかっていうと防具とかのカテゴリーな気が。

「武器だよ。それを着けると巨大な爪と牙の形をした力場が発生するようになってね、猫の爪と牙じゃ不利な相手とも戦えるようになるよ」

「すっご……ポイントもすっご」

なんかむっちゃすごい武器だった。

あれでしょ、手とかぶんって振ったら触れてもいないのに、スパッと切れるやつでしょ。

ちょっぴり羨ましいぞっ。

てか、これもポイントがやべえ。二個で一万五千だと……？

「買わないの？」

「買います」

買うに決まってるじゃない。

合計四万かー。高かったけれど、これでクロの装備が揃ったね。

あとはチュートリアルをクリアしてカードをスロットにぐさっとやれば完璧かな。

あ、いやまだ改造が残ってたか。

いやー……ポイントかっつかつだねえ。

もっと深いところまで潜れば、もっとポイント稼げるようになるかなー……。

と、いった感じで買い物も終わったし、今後のことについてちょいと妄想していたのだけどね。

「じゃ、最後はアクセサリーだね」

「アクセサリー……指輪や髪飾りとかですか？」

まだなにか用意していたらしい。

でもアクセサリーって、防御力とか皆無だった気がしたけれど……？

「ペットは盾とか持てない分やっぱり不利だからね。それを補うのにペット用アクセサリーだけカードスロットがあるよ。あ、人間が着けてもカードスロット使えないから気を付けて」

「あ、なるほど」

そういうことかっ！

レベルが上がればカードスロットも増えるし、これは絶対あったほうがいいね。

ちなみに、どんなアクセサリーがあるのかな？

と、画面をスクロールしていったのだけど、とんでもないものを見つけてしまった。

「……んん⁉　ね、猫の尻尾？？？」

「あ、それはお薦めだよ。猫又という尻尾が二本の猫がいるって聞いてね、作ってみたんだ。特殊効果も悪くないよ？」

　尻尾だ！

　てか特殊効果ってなに……？　〝弱点看破〟とか書いてあるんですけどっ⁉

　……いや、それはいい。それよりもだ。これを着けるとクロの尻尾が増えるってこと？

　俺が着けたら尻尾が生えるってことか！？？

　クロとペアルックができるじゃないかっ。

「か、かかか買います！　二個買います！」

　二個ください！

「残念。ポイントが足らないから買えるのはひとつだけだね」

「ああああぁぁ⁉」

　一個一万ポイントだぁぁあああ……。

　足らない、ゴブリン二千体分足らない。

「……五万ポイント貯めたのにぃ……無念」

「それじゃまた作業に戻るよ。頑張ってね！」

　俺が両手を床について項垂れていると、アマツはすっごい笑顔で去っていった。

　ちくせう。

　またゴブリンに犠牲になってもらうか……。

「……戻るか」

　とりあえずクロに装備を着けないと。

　あ……アマツにいろいろ聞きたいことがあったんだけど……。クロのチュートリアルが終わってからでいっか。

*

　ゲートをくぐり家に戻ると、クロが『にゃーにゃー』言いながら近寄ってきた。

「クロの装備、手に入ったよー」

　クロは箱が気になるらしく、しきりに匂いを嗅いでいる。

「ほら、これだよ」

　そう言って箱を開けて中を見せるが、クロは匂いを嗅ぎ続けている……。中身よりも箱に興味があるらしい。入りたいのかな？

「……これだよ？」

　とりあえず箱から中身を取り出して、クロの前に並べてみる。

　さすがに目の前に置かれるとそっちに興味をひかれるらしく、クロは装備をじっと見つめて、前足でそっとつついて……え、お前本気で言ってるの？　みたいな顔で俺を見てきた。

　そうだよね！

　人間でいったら、ダンジョン用の装備だよってコスプレ衣装を渡されるようなもんだし！

「待った、気持ちはわかるけど！　これ見た目はともかく、ちゃんと防御力あるからっ！」

俺がそう必死にクロを説得すると、しぶしぶ……ほんっとにしぶしぶといった感じで装備を身に着けてくれた。

……まあ、俺が着せたんですけどね。

装備はかなり似合っていた。かなり可愛い。

なんつーか思いっきり某ゲームのお供だねこれ。この状態で駆け寄ってこられたら悶え死ぬ自信がある。

まあ、俺の気分は上々だったんですけどね。

問題はクロの反応でして。

「クロがやさぐれてしまった……」

すんごいムスッとした表情でこっちを見ている。

無言なのがまた……いいね。とか言ったら噛まれそうだな。

……クロには悪いけれど我慢してもらうっきゃない。

クロも装備は重要だとわかっているようで、ムスッとはしていても脱ぎ出したりはしないのだ。

さて。あとはおたのし……じゃなくて、もっとも重要な装備のアクセサリーを着けないとだ。

「これどうやって着けるんだ……？　クロちょっといいかい」

尻尾なんだけどね、どうやって着けるのかわからん。

こうクリップ的なもので留めるのかなーと思ったけれど、そういったものは一切ない。

とりあえず、クロのお尻に押し当ててみよう。

ぴとって付いたらいいなーっと。

「ぴとっと……おう、まじで付いた」

付いたわ。

まさか本当に付くとはねえ。

クロも増えた尻尾を不思議そうにクネクネと動かしている。

……待って、動いてる！？？

「ちょっ、それ動くの⁉」

俺の問いに『にゃあ』と答え、尻尾をさらに動かしてみせるクロ。

やべぇぇぇえ。なに、この高性能なアクセサリー。無茶苦茶、欲しいんだけどっ⁉

こうしちゃいられん！　さっそく狩ってポイント貯めないとだっ。

「いよっし！　じゃあ、慣らしも兼ねて行こうか？」

俺がダンジョンに行こうと伝えると、クロは嬉しそうに『にゃーにゃー』鳴きながら先に行こうとする。そこを俺はガシッと捕まえ、クロを抱き上げる。

もちろん、いきなり奥に突っ込んだりはしないよっ。

クロも久しぶりの戦闘だし、慣らしていかないとだからね。

さあ、狩るぞー！

＊

慣らしっていうとやっぱ最初からかなーということで、ネズミから戦ってみることにしたよ。

まあ、ぶっちゃけ余裕だと思うんだけどね。いちおうクロは一カ月ぐらいのブランクがあるからねえ。

「じゃあネズミ行ってみる？」

というわけで休憩所を出てクロにそう尋ねてみると、クロは先導するように廊下を進んでいく。

その足取りに迷いはない。何度も潜ったせいで道順を覚えちゃっているんだよね。

クロが向かっているのは、地下二階へと続く廊下の十匹部屋を通るルートであった。

「おう、いきなり十匹部屋か……」

たぶん大丈夫だろうとは思うけど、やっぱり不安がないわけでは……と、俺が小部屋の前でうんうんと悩んでいると、クロは躊躇なく部屋へと飛び込んでいった。

ちょっと待ってぇ！

クロのあとを追って小部屋へと入るが、戦闘は一瞬で終わってしまった。

クロが空中に向かい前足を交互に振ったかと思うと、ネズミが数匹まとめて輪切りになる。そして間髪を容れずに噛みつき……これも空中で行っていたのだが、これまたネズミが数匹まとめてごりっと肉を抉られる。

最後にネズミの噛みつきを空中で避けつつ身を捻り、前足を振るうと残りのネズミもすべて輪切りとなった。

「う、おっ」

いや、やばいわ、あれ。

いままでのクロの戦闘とぜんっぜん違う。

「え、すっご！　リーチそんなに長いの？？」

爪も牙も思ったよりリーチが長い。

見た感じだと五十センチ以上、一メートル未満って感じだろうか。

俺の鉈とかリーチが全然ないのに……。

てかね、なによりやばいのが爪も牙も見えないんだよ。

力場って聞いて、こう、なんというのかな……ぶぉんって言いそうな見た目の爪とかがうっすら出てくるのかなーとかちょっと期待していたのだけど、不可視とは思わなかった。まじで強力だぞ、これ……。

「てか動きがやばい……」

もともとクロってすばしっこくていかにも猫！　って動きだったが、なんかもうすごい。じゃぱにーずにんじゃ⁉　みたいな感じ。語彙力が死ぬぐらいすごい。

と、俺がぽかーんとしていると、不意にパンツの裾がぐいぐいと引っ張られる。

視線を向けると、クロが訴えるような目で、こちらをじーっと見上げていた。

「ん、ああ。じゃあ次、行こか！」

そう言うと、クロは機嫌よさげに次の部屋へと向かうのであった。

「でかウサギも楽勝……まじか」

まさかの、でかウサギも余裕でした。

クロの動きがよすぎる。

やっぱあれか、老化で動きが悪くなっていたのか？　それが若返って思いっきり動けるようになったと……？

いや、でもまだ高齢の部類に入るよなクロ。

装備になにか補正がついたりしているのか？

見た目のインパクトがすごすぎて、説明を読んでなかった気がする。

……あとで確かめるか。

それよりも。

この先は例の殺意むき出しの犬が待ち構えているんだけど。

ちらっとクロを見ると、やる気満々だった。

自分よりデカく明らかにやばそうな犬相手に怯まないどころかやる気満々とか、クロ半端ないな。

「えぇー……犬、行っちゃう？　行っちゃう～？」

と、クロに向かって言うと、クロは『うにゃん』と鳴いて扉へと突撃していく。

クロも動きが速いが、犬もかなり速い。

もしかするとクロも苦戦するかもしれない。俺は鉈を構えるとクロのあとを追って、扉の向こうへと進み――

割と楽勝でした。

十四部屋で一回だけクロが前足を噛まれたけど、冷静に反撃して輪切りにしてたし、俺は慌ててクロの傷を確かめたけど、装備のお陰で無傷だった。

猫用の装備はかなりの防御力があるようだ。

犬で無傷ってことは、俺が着けている装備と同等ぐらいの防御力があるはず。

あ、ゴブリン？

ほぼ出落ちだったとだけ言っておく……。

ゴブリンってなかなか悲惨だよね。

俺にひたすら狩りまくられるわ、クロと出合い頭に輪切りにされるわ。

ちょっぴりゴブリンが可哀想に思えてきた。

まあ、このあとも狩りまくるんですけどね？

それで、俺たちがいまなにをしているかというと、クロが無事にチュートリアルを突破したってことで、アマツがクロに説明をしているところだ。

俺は付き添いね。

「――ら想像できる通り、痛んだ装備を修復できるよ。折れた剣なんかもばっちり直せるから安心してね。あ、修復にはポイントがかかるよ」

ただね、クロって強いけどやっぱ猫なんですよね。

なにが言いたいかというと……。

「あの、アマツさん」

「最後は施設だね。これはポイントをー……お？　なんだい島津くん？」

「クロが寝ちゃったみたいで……」

「あはははははは!!」

アマツの説明を聞きながら丸くなって寝だしたよ！

さすが猫、自由だぜ……。

「すみません……」

「いいさ、猫だもの。あとで島津くんのほうから説明しておいてもらえるかな？」

「はい、ちゃんとしておきます！」

幸いアマツは気にしてはいないようだ。クロを見てニコニコしている。

クロの装備とかいろいろ用意してくれたし、猫好きなんだろうかね？

「あとこれ。おじいちゃんの腰痛に使ってね」

説明もクロが寝たことで終了となり、解散かな？　と思ったら、アマツから紙袋を渡される。

もしかして昨日頼んだやつじゃろか。

「あ、ありがとうございます！　おぉ……青色の湿布だ」

昨日の今日で、もうじいちゃん用の薬が完成したらしい。

中身を確認してみると、ちょっとばかし青色の濃い湿布であった。

しかし一日で作っちゃって大丈夫かな。また暇になったりしない？

まあ、暇そうにしていたら、またなにかお願いしちゃおう。

「効果は軽い腰痛なら一日ぐらいで治るよ、重いのなら三日かな。外傷にはあまり効果がないから気を付けてね」

「おぉ……これなら大丈夫だと思います！　ありがとうございますー！」

効果もほどよい感じ……かな？

痛みが和らぐではなく、治るってあたりがあれだけど……塗った瞬間治るよりはずっとましだ。

袋の見た目も薬局で薬を処方されるときに入れてくれるやつっぽいので、これなら渡しても怪しまれないはず。

なんか聞かれたら、最近開発されたすごい湿布とか言っておけばへーきへーき。

「あははは！　いいよいいよ、アイディアがあればどんどん出してね。よさそうなのは正式採用するからさ」

「はいっ」

おう、どんどんアイディア出しちゃうよ！

黒い猫耳なんかどうですかね？

俺が元気よく返事したのでアマツはニコニコと笑顔で頷いていたんだけど、急になにかを思い付いたかのように手をぽんと合わせる。

「ところで島津くん。なにか聞きたいことあるのかい？」

……あるねっ！

ちょっと忘れかけていたけれど、聞きたいことといろいろあったよ！

クロもしばらく起きそうにないし、いまのうちにいっぱい質問してしまおうか。

「えっと、いくつか疑問に思うところが出てきまして、質問してもいいですか？」

「もちろんだとも！　どんどん質問してくれたまえ」

うーん、すっごい嬉しそう。

俺はアマツに思い出せる限りの質問を投げた。

……ざっとこんな感じだ。

・宝箱に罠はあるのか？
・いまさらだけど死体って放置して大丈夫？
・ウサギとか食えるのかな？
・クロが俺の言葉を理解しているっぽいけど、これはレベルアップの恩恵？　家の中でもだけど。
・自分でマップを作っているんだけど、ゲームみたいにマッピングを自動化できたりはするのか。
・装備はそのうちいいものが買えるのなら、ポーションも？
・ダンジョンの推奨人数って何人？
・カードの効果に『基本値＋五』などがあった。基本値について知りたい。
・ペット用の装備ってなにか補正ある？
・レベルアップに必要な経験値はレベルが上がるごとに増加するのか。するのならどういった風に上がるのか。
・ダンジョン内で死んだらどうなるのか。

合計十一個。
思い出せたのはこれぐらいだね。
てか最後の質問とか本当にいまさらだなあ……ははは。
これに対するアマツの回答はこんな感じ。

・宝箱に罠はない。ただそのうち追加するかもしれない。その場合はダンジョンごとに分けようかと思っている。ダンジョンそのものに罠を追加することも考えてはいるが、それもダンジョンごとにするつもりだ。罠のあるダンジョンについてはチュートリアル突破後に説明する。ここのダンジョンには追加はしない。
・死体は放置しても問題ない。放置しておけばダンジョンが吸収する。
・動物系のモンスターは食える。それ以外も食えなくはないがお勧めはしない。
・クロが俺の言葉を理解しているのはレベルアップの恩恵で間違いない。脳の処理に関する部分については、ダンジョン内外どちらでも効果がある（出入りのたびに切り替わると頭がおかしくなる）。先述の処理を行う影響で若干ではあるが身体能力も向上している。ダンジョンで上がった力が百とすれば、ダンジョン外では五程度である。
・マップの自動化機能はないが、宝箱から入手などで今後実装したい。
・ポーションも性能がいいものが増えるが、具体的な内容は秘密。
・ダンジョンの推奨人数は、極小が四人、小が六～八人、中は十人前後、大は十五人前後、極大は三十人以上。
・基本値は成人男性の値を百として考えれば問題ない。
・人とペットの身体能力差を埋めるために補正が付いている。効果は対象となるペットによって異なる。
・レベルアップごとに必要経験値は上がるが、具体的な値は秘密だ。倒した敵とのレベル差が大きいほどレベルは上がりにくくなる。差がある一定以上になるとまったく上がらなくなる。
・死ぬことはない。死ぬほどのダメージを負った時点で、地下一階の休憩所に強制転移される。ペナルティはある。
以上だ。

ダンジョン内で死ぬことはないってのがありがたい。

これはダンジョンで死ぬとなると攻略する人が減る傾向にあるので、その対策だそうだ。

＊

「ペナルティの内容ってなんだろうなあ……」

アマツに聞いても、そこは秘密ってことで教えてもらえなかったんだよね。

ゲーム基準だと……ペナルティが重いものだと装備全部ロスト、レベルも一になる。

軽いものだと貯めた経験値やポイントが減ったり、装備の耐久値が減ったり、装備をひとつ失ったりとか……まあいろいろあるけど、どれも死ぬことに比べたらずっと軽い。

「というわけなんだけど……クロ、わかった？」

実はもう家に戻ってきていて、いまは部屋でクロにダンジョンの説明をしているところだったりする。

俺の問いにクロは『にゃーん』と答えるが……眠そうだ。

ま、まあ言葉が通じているのは確かなんだから、大丈夫でしょ、たぶん。

さて、クロに説明も終わったし……まだ夕方まで時間あるな。

「クロ、ちょっとこれ、じいちゃんばあちゃんに届けに行ってくるね」

留守番よろしくーと言って車に向かう俺。アマツにもらった湿布を届けに行くことにしたのだ。

「……あ、電話するの忘れてた」

車に乗り目的地へと向かう途中で、連絡しておくのを忘れていたことに気が付いた。

どこかに車を停めて電話をかけようと思ったが、運転し慣れていない俺は、どうにも街中の路肩に停めるという行為が苦手で、停められたのは街中を出て祖父母宅のだいぶ近くまで行ったときであった。

いるといいなーと思いながら電話をかけると、十秒ほど間を置いて誰かが電話に出た。

「はいはい」

ばあちゃんだった。

「あ、ばあちゃん？　康平だけど」

「あら、康平？　どうしたの？」

「昨日じいちゃん、腰が痛いって言ってたでしょ。すっごく効く湿布があるから使ってもらおうと思って」

実際めっちゃ効くよね。よく考えたら重い腰痛でも三日で治るってやばいよな。

「あらあら！　わざわざ悪いわねえ……おじいちゃん、いま畑にいるから呼んでくるわね。もし家に誰もいなければ上がって待ってていいから」

「わかったー」

返事をして祖父母宅へと移動を再開する俺。

いなかったら入っていてもいいって、さすが田舎というかなんというか……。最近は空き巣被害に遭ったりとかで、そういった無防備にしている家は減ったと聞いたけれど、ばあちゃんの家周辺ではそういったことはないのかもね。

車を運転すること十分ほど、俺は目的地である祖父母宅へ到着していた。

「とうちゃーっく。さているかなー……あ、いるいる」

湿布片手に車を降り、窓へと顔を向けるとばあちゃんが手を振っていた。

勝手に入るのはちょっと気が引けるから、いてくれてよかった。

「持ってきたよー」

「いらっしゃい。さあ、上がって上がって」

「康平、わざわざすまんなあ」

玄関に入ると、じいちゃんばあちゃんが出迎えてくれた。

茶の間へと入り、出してもらったお茶を飲んで一息つく。

そして今回ここに来た目的である湿布をじいちゃんへと手渡した。

「はい！　これー」

「おう、ありがとうなあ」

「軽い痛みでも一日、結構重くても三日あれば、かなりよくなるはずだよー」

「ほーそんな効くんか？」

「効く効く。ビックリするぐらい効くよ」

なにせダンジョン産ですから。

ポーションなんて結構深い傷も一瞬で治るからねえ。

この湿布もわざと効果を下げてあるとはいえ、かなりぶっ飛んだ効き目だと思う。

「はー……最近はこんな湿布もあるんだなあ」

「最近のはすごいみたいだね、絆創膏でも一日あれば傷が塞がるようなものもあるらしいし」

とりあえず最新のものはすごいと誤魔化しておく。

「ほら、じいさん。せっかく康平が持ってきてくれたんだから貼ってみたら？」

「ん、おお……」

ばあちゃんにそう言われ、背を向けるじいちゃん。

「……くっついた…………はい、できた」

ばあちゃんは上着をぐいっとめくると背中からなにかを……もとから貼ってあった湿布を剥がし、代わりに俺が持ってきた湿布を貼っていく。

うーん。なかなかに毒々しい色をしているなあ。こんな色なのに実際効くんだからすごいよね。

そのあとはしばらく雑談をして過ごし、夕方近くなったのでそろそろ帰るとふたりへ告げた。

「もう帰るのか？」

「うん、クロにご飯あげないとだからね」

実際置いてきた餌はもう食い終わっている気がする。

薬の効果は切れてるのに、食欲がそのまんまなんだよなあ。

まあ、運動もしているし、気が付いたらまん丸に！　なんてことはないと思う。

クロも筋トレしたら効果あるんかねー？

……あ、筋トレで思い出した。

「あ、そうだそうだ。最近暇ができたから、なにか手伝えることあったら声かけてねー」

農作業のお手伝いをしよう。

ムキムキになったのを誤魔化すために言ったけれど、手伝いたいのは本当である。

お世話になっているし、日頃の感謝を込めてそれぐらいやらんとね。

向こうからは言い出しにくいかもだし、こっちからアピールしておこうという作戦である。

「おぉ……そうだなあ、月末にビートの苗を定植するでな。そのときに手伝ってもらえると助かるが……」

「ん、わかった。そのときまでもっと鍛えておくよー」

定植とか言われてもなんのこっちゃいって感じだけど、とりあえず体を鍛えておけばなんとかなるだろう。農家は力仕事なのである。


「ただいまー」

家に帰るとすぐにクロが駆け寄ってくる。

『にゃーにゃー』激しく訴えてくるので、よしよしと頭を撫でリビングへと向かう。

「ご飯ね？　どの缶詰がいいー？」

やはりクロの餌皿は空になっていた。

お留守番してもらったし、豪華にいこうとクロの前に缶詰をたくさん並べる。

クロに好きなものを選んでもらおうって魂胆です。

「これとこれ……あ、それもね」

クロが選んだ缶詰は全部で三個。食欲、衰えてませんねえ。

缶詰を餌皿にあけると、すぐにクロが食べはじめる。『うにゃうにゃ』言っているので、きっと美味しいのだろう。

さて、俺もご飯にしますかね。今日はアスパラの肉巻きですぞっと。

「クロ、明日からゴブリンの階層に行くけど、ちょっと行く前に端末で作業しようか。まだカードをセットしてないし、ポイントが余っているなら装備の改造もできるしね」

缶詰を平らげ、満足そうにソファーで横になるクロへ声をかける。

クロは『にゃー』と一声鳴くと、そのまま本格的に眠りはじめた。

明日は地下六階でのゴブリン狩りの予定だが、狩りを開始する前にクロの装備にカードをセットし、さらに改造を施すつもりである。

そこまですればきっと地下六階も余裕だろうが、なにがあるかわからないし、今日は俺も早めに寝て体調を整えておこうと思う。

おやすみ、クロ。

そして翌朝。

「……六千以上あるぞ」

クロの端末を見せてもらったのだけど、ポイントが、かなり貯まっていた。

昨日はそこまで数を狩っていないので、このポイントの半分ぐらいはクロが単独で稼いだものだろう。

すごいな、てかこのダンジョンいつからここにあるんだろう。

俺みたいにゴブリンを大量に狩るとかしなければ、こんなにポイントが貯まるなんてことはないよな。アマツへの質問がひとつ増えたね。

ま、それはおいおい聞くからいいとして、とりあえずクロの準備を整えていこう。

まずはカードかな。

実はアマツからカードを二枚もらっていたりするんだよね。ふたりで突破したからーって。

ちなみに、三人以上の場合は一枚しかもらえない。チュートリアル突破した人へのご褒美ってわけだ。

「とりあえずカードをセットしようか」

そう言ってクロに改造の項目に触れるよう指示を出す。

クロは『うにゃん』と鳴くと、ぺしっと前足で端末に触れる。

「防具にスロットがない……そうか、買ったばかりだからレベルが上がってないのかっ」

クロの装備を見て気が付いたのだけど、スロットが存在していなかった。

これは買ったばかりでまだ装備のレベルが上がっていないためである。いちおう装備の説明欄を確認すると、クロの装備はすべてレベルが四になっていた。

おそらくレベルが五に上がればスロットが付くはずである。

「……どっちにしろ、いまあるのって体用のカードだけだし、関係ないか」

せっかくだからレベル五にしてしまおうかと思ったが、やめておいた。スロットできても使えるカードがないしね。

クロがアマツからもらったカードはウサギ二種だ。

さらに俺から犬とネズミ、それにゴブリンのカードも渡してあるので、クロの手元にはいま入手できるカードが全部揃っている。

「クロ、さっき渡したカードから好きなの選んでセットしてね」

クロにそう告げると、クロは端末を前足でたしたしと操作する。

ぱっと見た感じ、俺と同じウサギのカードを選んでいたようだった。

あ、ちなみにゴブリンはレベル一のカードだったよ。

俺とクロはレベル十を超えているので、レベル二のスロットが空いているのだけど……これを使うのはいつになるんだろうな。

なんて考えている間にクロの操作が終わっていた。

次は装備の改造かな。俺はポイントがあまりないけど、クロなら何回かできるだろう。

「改造もしちゃおうか。……ああ、一回五百ポイントかかるのね、残りのポイント見つつ好きなの選ぶといいよ」

……俺も三回ぐらいならいけるかな。

クロの装備でポイントを使いまくったけれど、0になったわけではないのだ。

「武器は強度アップして、防具はサイズ変更かな？」

クロの端末を眺めていると、どうやら武器の改造メインでいくようだ。

防具に関してはサイズ変更のみっぽい。

「うおっ⁉　なんか出てきたぞ」

クロが操作を続けていると、急にクロの目の前にホログラム？　が現れた。

「ほー、こうやってやるんだねえ」

ホログラムに映っているのはクロそのものであり、どうやら改造後の内容を目で見て確認できるようになっているらしい。

うっかりデカくしすぎた！　とかを防げそうなので、便利な機能だなーと思う。

「俺はー……手袋とプロテクターの修復と、鉈の重量アップかなー」

改造もしたいけれど修理もしたい。

改造も修理も使用するポイントは同じだったので、俺は悩んだ末にダメージの酷い防具ふたつの修復と、武器の改造を一回だけすることにした。

身体能力が上がったお陰で鉈がすっごい軽いんだよね。

ただちょっと軽すぎる感じなので重量を上げたい。金属というかおもちゃの鉈を振るってる気分になるんだよねー。

重量を上げれば威力も上がるだろうし、結構いい選択だと思うよ？

「すっご、まじで傷が消えたぞ……鉈もそこそこ重くなってる。……刃厚変わった？」

ちなみに修復の場合は選択すると空中に金属製の台が出現するので、その上に装備を載せると自動で修復してくれたりする。

手袋もプロテクターも左右セットでひとつの防具として認識してくれるらしく、そこはありがたかった。

鉈に関しては、重量をどうやって上げるのかと思っていたら、まさかの刃を厚くするという方法で重量を上げてきた。

てっきり材質が変わったりするのかなー？　と思っていたのでちょっとビックリしたけれど、まあ普通はそうだよね、重量を上げたいならかさ増しするよね。

まあ、厚くなったぶん丈夫にもなっているだろうし、問題なしだ。

そうして装備を整えた俺とクロは、ゲートをくぐり抜け地下六階へと向かう。

そのまましばらく狩りを続けていたのだけれど、正直楽勝すぎて……というわけで、クロに扉の先を覗いてみるかと話を持ちかけてみる。

「もうすぐ昼か……。実は扉の先まだ見てないんだよね。覗いてみる？」

クロからは『にゃーん』と嬉しそうな返事があった。

元気があり余っていてゴブリンだけだと物足りなかったんだろうね。

もうすぐお昼だし、扉の先のやつを倒すかどうかは別にして、覗いてから帰ろうと思う。

扉の先を覗くのは結構ドキドキする。

なにせ未知の敵がこの先に待ち構えているわけだからね。

さて、この先にはなにがいるのかな？

「なにが出るか……な？」

ドキドキしながら中を覗いたわけだけど、中にいた者たちを見た瞬間ドキッと心臓が跳ね上がる。

別に、中にいたやつがやべー敵とかそういうわけじゃない。

中にいたのは、装備がちょっとよくなっただけのゴブリンだ。

じゃあ、なにに驚いたのかというと……覗いた瞬間、ゴブリンと目が合ったんだ。

「…………え、なんでこっち見てた？？」

いままでの敵は、扉から中を覗いただけではこちらに気が付くことはなかった。

必ず部屋に踏み入ったあとだった。

だからこそ部屋に入る前に助走をつけて、不意打ちぎみに奇襲したりとかできたんだけど……。

こう最初から気付かれては不意打ちは絶対無理だ。

「まじかよ。チュートリアル突破したからかー？」

思わずそう口から出たが、よく考えるとそれは違う。

なにせこの扉の向こうにいるやつ以外は、チュートリアル突破後も部屋に踏み入るまで気付いてなかったし。

「んー……戻って作戦でも」

なんて思ったけれど。

「って、クロやる気満々だね」

クロはそうじゃなかったようだ。お尻をふりふりして、いまにも飛びかかりそうである。

まあ、作戦を考えてもろくなものしか思い付かない気がするし、行っちゃうか。

「……行くか、クロは右のやつをお願い。俺は左のやつとやるね」

相手は二体のゴブリンだ。

ただし、いままでのゴブリンと違って装備がいい。

おそらく革鎧だと思うが、黒っぽい艶のある鎧を身にまとっている。腕と臑《すね》にも同じように革製と思しき防具を着けている。さらには丸形の盾と、ヌメッと切れ味のよさそうな大振りのナイフを手に持っている。

まあ、こちらの装備だって負けていない。

一対一であれば負けることはないだろう。もちろん、油断は絶対しない。

「一、二の三！」

合図とともに俺とクロは部屋に踏み入り、そして左右に分かれる。

ゴブリンも二手に分かれ俺とクロにそれぞれ向かってくる。俺とクロはお互い距離を取り、一対一の状況で各個撃破を……と思っていたのだけれど、そうはいかなかった。

「！　……こいつら」

ゴブリンは俺とクロを最後まで追うことはせず、互いに背中合わせの状態で盾を構え、じっとこちらを見つめていた。

こう待ち構えられると正直やりにくい。

ああも盾を構えられていると攻撃する場所も限られるし、できたとしても盾を動かして防がれるかもしれない。

こいつらの狙いはカウンターだろうか？　それとも……いや、考えても仕方ない。なにを考えているかなんて読めるもんじゃない。

俺は意を決して一気に距離を詰めると同時に、ゴブリンに向かい鉈を思いっきり叩き付けた。

盾を構えるならそのまま叩き潰してやろうという考えだ。……ちょっと思考が蛮族染みてきたかもしれない。

「っふ！」

俺の目論見は半ば成功していた。

盾を構えたゴブリンの腕から鈍い音がし、腕が拉《ひしゃ》げる。

さらには鉈は盾を切り裂き、ゴブリンの肩にも浅いが傷を負わせていた。

「うぉっ」

ただゴブリンはそれで戦闘能力を失ったわけではなかった。鉈を振り下ろし伸びきったあとの俺の腕に向かい、ヌメッとした光が伸びてくる。

俺は咄嗟に距離を取った。

だが、腕に痛みが走る。

ゴブリンのナイフは俺の腕を掠《かす》めていた。

ただし血は出ていない。どうやら防具を貫通するだけの威力はないようだ。

「よっと！」

ゴブリンは少し距離を取った俺に向かい、さらにナイフを突き出してきた。

俺は盾を持つ腕をしならせ、弾き飛ばすようにナイフの一撃を防いだ。

体勢を崩したゴブリンへ向かい鉈を突き立てるが、首を狙った一撃はネックガードに阻まれ、ぎりぎり致命傷には至ってはいなかった。

俺はさらに鉈を跳ね上げるように振るい、ゴブリンの顔を引き裂いた。

その一撃は骨を断ち、脳まで達したようだ。

後ろにバタリと倒れるゴブリンを見て、俺は大きく息を吐いた。

「すごく強いってわけじゃないけど面倒になった……」

それがこのゴブリンと戦った俺の感想である。

そして、クロのほうはどうなったかというと。

「うわぁ、ズタズタだ」

ゴブリンの足はぐちゃりと両足ともに潰され、上半身はズタズタに切り裂かれていた。

向かい合わせで戦っていたのでよくわかったが、クロのあの不可視の攻撃はなかなかに反則だと思う。見えないから初見だと避けようがないだろう。

現にゴブリンはクロの最初の噛みつきをまったく避けることなく、その身に受けていた。

そして足がやられ倒れたところに、猫パンチが連打で入った。

ただの猫パンチなら猫好きにとってはご褒美だけど、あいにくとクロの猫パンチはおまけで不可視の爪がついてくる。あっという間にミンチのでき上がりだ。

普通のゴブリンと比べて、強い！　ってわけではないが面倒な敵だったから、その分もらえるポイントも増えているといいのだけど。

そんな期待を込めながら、俺は端末を起動する。

「いまのでポイントいくつなのかなー……十ポイントかあ」

……んんんっ、微妙だ。

これなら普通のゴブリンを狩りまくったほうがおいしい気がする……いや、でもレベルが上がればそうでもないか？　問題は、レベルが上がる気がしないってところだろうか。

正直、ゴブリン狩りを張り切りすぎた気がする。

「とりあえず武器を改造したい。戦闘時間を短縮できるならこいつらでもおいしいはずだし……でもなあ、結構大変だよな」

武器を改造して強くなるには、大量のポイントが必要になるというジレンマがある。

どうするべ。

「ほかにポイント稼ぐ方法あるといいのになあ」

これもアマツと相談だなあ。

まともにポイントが稼げなくて、にっちもさっちもいかないぞーとなれば、なにかしら対策を考えてくれるだろう。

ま、いったん戻りますか。

クロも普通のゴブリンより強いのを狩れて、満足しては……いないけど、物足りない！　って感じでもない。

「クロ、それじゃそろそろお昼だし戻ろうか。明日は……あとで考えようか」

明日どうするかはアマツと相談してから決めよう。

自力でなんとかするしかないのなら、普通のゴブリンを多めに狩ることになるだろうなあ。

＊

お昼は野菜がそろそろ傷んできそうだったので、ざく切りにしてフライパンに突っ込んで、薄切りの豚肉を広げてまとめて蒸し焼きにしてみた。

ポン酢とかごまダレで食べると美味しい。

「作りすぎた」

ただ、フライパンにぎっちり詰めたのはさすがに多かったかな。

「食いすぎた……クロ、ちょっちアマツさんのところに行ってくるね」

俺は膨らんだ腹を擦りながらダンジョンに入り、アマツがいる部屋に向かった。

さて、アマツはいるだろうか？

「アマツさんいますか？」

「もちろんだとも！」

いたわ。

むしろ待ち構えてた。

相変わらず暇なのね……っと、それはさておき。

「ちょっとご相談がありまして……」

ポイントが足らなすぎてどうにもならんですよと訴えてみようか。

「なるほどね。ふむ、宝箱の中身は売ったかい？　レア装備でなければ、いま使っている装備のほうがずっといいもののはずだよ」

俺の話を聞いたアマツの答えは、いらないものを売ればいいじゃないだった。

それができたら苦労しないわっての………いや、待て、売れるのか？

「え、売れるんですか？？」

「もちろん！　売却すればポイントが貯まるよ」

嘘でしょ。

「え、あ、その……どこにあるんですか？」

そんな項目は端末のどこにもなかったぞ⁉

あるなら教えてよっ！　と、俺の端末をアマツに渡す。

するとアマツは端末をぴっぴと操作して、思いっきり首を傾げ、不意にぽんっと手を叩いた。

「機能を付けるの忘れていたよ！　あははっはは！」

「……そっすか」

張り倒すぞこんちくしょーめ。

その後、ごめんごめんと謝るアマツに機能を付けてくださいとお願いすると、自分用の端末を取り出し、ぽちぽち弄ること、ほんの数分で付けてくれた。俺の端末を弄るんじゃなくて、大本の設定を直したっぽいね。

「はい、これでよし！　売却ができるようになったから試してみるといい。ダンジョンで入手したものならなんでも売れて、ポイントと交換できるよ。あ、ただし休憩所じゃないと使えないからそこは気を付けてね。常に使えるとポイントがインフレを起こしちゃうからねえ……まあ、様子を見て調整するつもりではあるけど」

休憩所でしか使えないのは残念だけど、ダンジョンで入手したものなら売却できるということで、宝箱に入っていたちょっとしょぼい装備を売っぱらってみることにした。

とりあえず休憩所に戻り……なぜかアマツもついてきたけど。暇なのかな？　まあ、構わないけどさ。

いままで取ってきたものは全部ダンボール箱に突っ込んで休憩所に置いてあるのだ。

箱を開けて、とりあえず上にあるものから売ろうかな、と適当に手に取ると、それは小振りのナイフであった。

切れ味はそこそこよさそうだけど、刃渡りが短いので戦闘には向かないなと箱に突っ込んだやつだ。

投げナイフとしてなら使えるかもだけど、俺コントロール悪いし。あとは解体とかに使えるかも？

あ、でも俺、解体しないわー。

必要ないことを再確認したところで、さっそく売ってみよう。

売却の項目に触れると、目の前にでっかい箱が現れた。

ここに入れろってことかな？

「おー……一個二五〇ポイントかあ」

ナイフを放り込んでみると、端末に交換できるポイント数と、『交換してもいいですか？』というメッセージが表示された。

もちろん交換していいので、俺はその表示の下にあった『はい』を選択する。

すると箱の中にあったナイフはノイズに包まれ、やがて消えていく。

端末を確認すると確かにポイントが増えていた。

そのあとも俺はいらない装備を箱に放り込んではポイントと交換するのを繰り返していった。

だいたい交換し終えたところであらためてポイントを確認してみると……ポイントは、八千近くまで増えていた。

「うーん……」

「ポイントが足りないのかい？」

「あ、はい。改造に回すポイントがなかなかきつくて……」

アマツの問いに、そう返す俺。

実際八千ポイントでは、装備をひとつフル改造できても、ふたつは無理。そんな微妙なポイント数だったりする。

宝箱の中身を売ることによって確かにポイントは増えたけど、まだ足りないんだよなあ……。

うんうんと唸る俺を見て、アマツの笑みが深くなる。

「そうかい。なら、ちょっとヒントを出そうかな？」

「ください！」

ヒント超欲しい。

「いい返事だ！　……六階の扉の先にいたやつとはもう戦ったんだろう？　あいつを見てどう思ったかい？」

ぬ？　どういうこっちゃい。

扉の先のやつを見てどう思ったか……？

確かあいつは普通のゴブリンと違って…………。

「んー、装備がちょっとよく……そういうこと？」

アマツのヒントを聞いて、俺の頭の中にひとつの考えが生まれた。

「そう、連中の装備もポイントと交換できるんだよ！」

「おおお！」

扉の先にいたゴブリンは、普通のゴブリンと違ってちょっといい装備をしていた。

そう、いい装備だったのだ。

アマツはさっき、ダンジョンで入手したものならなんでもポイントと交換できると言っていた。

つまりは、あいつらの装備を引っぺがして売ってしまえばいいのだ！　追いはぎかな？

「ありがとうございます！　明日からさっそく試してみますねっ！」

これなら一体につき十ポイントなんかじゃなくて、五百ポイントになる可能性だってある。そうなれば装備も改造しまくれるし、攻略だって捗るだろう。

テンションむっちゃ上がってきたぞ。

*

「クロー！　明日からはあの装備がいいゴブリン狩りまくるよ！」

上がったテンションのまま家へと戻り、クロに声をかける。

クロは迷惑そうな顔をしながらも俺の話を聞いてくれるつもりらしく、ソファーから下りると俺のそばへと寄ってくる。

「連中の装備売ってポイントに換えられるんだってさー」

俺のその説明を聞いて首を傾げるクロ。

自分の端末を起動し、並んだ項目を確認して……その動きがピタッと止まる。

そして俺のほうへとゆっくり振り返り、じっと見つめてくる。

それはどういうことだ？　って感じかな。

「ああ、うん。機能を付けるの忘れていたんだって」

その話を聞いて小さく息を吐くクロ。

クロの中でアマツの評価が下がった気がするぞっ。

頑張れアマツ。負けるなアマツ。

*

翌朝、ポイントに目がくらんだ俺は、さっそくクロと一緒にダンジョンへと潜っていた。

地下六階へと向かい、扉をくぐり階段を下りる。

するとそこには、いままでとは少し違った光景が広がっていた。

「あれ？　ちょっと広くなってるぞ」

壁の模様が変わり、少しだけ廊下が広くなっていたのである。

さらに少し進んで小部屋を覗いてみれば、そこも廊下と同様に、広くなっていた。

広さは地下一階の休憩所ほどもあり、もはや小部屋と呼ぶには広すぎるほどである。

「部屋もかなり広くなってるね。まあ戦いやすいからいいけど」

クロの装備も替わったし、あまり狭いとお互いを傷付けかねないので、ある程度距離を確保できるのはありがたい。

もちろん敵にも言えることだけどね。

さて、いつもの感じであれば、そろそろ廊下の敵と会敵してもおかしくはないのだけど……。

「あ、来た」

思ったそばから来たようだ。

数は一体かな？

俺はクロに合図し、武器を構え迎え撃った。

あっさり終わった。

クロが噛みついて体勢を崩したところに、鉈がクリーンヒットしたよ。

二対一だからね、そりゃあっさり終わるよねって話ですわ。

「まずはこいつの売ってみようか？」

とりあえず、いくらになるのか知っておきたい。

取れそうなのは冑と鎧、それに手甲と脚絆《きゃはん》にナイフと盾かな。

冑は大きく切り裂かれているし、脚絆はぐちゃぐちゃだから、そのふたつはポイントが付かないかもだけど……いちおう持っていこうとは思う。

「どうやって外すんだこれ？　……あ、ここか」

鎧を外すのに手間取ったけど、なんとか外すことができた。

「……かなり嵩張るなあ」

外した装備はバックパックに詰め込んだけれど、鎧はさすがに無理だった。

しょうがないので手で持っていくしかないね。

「売却、売却ぅ～っと」

休憩所に戻り端末を操作し、剥ぎ取った装備をどれがどれぐらいのポイントになるか確認のためにひとつずつ箱に入れていく。

「さてさていくらになるのかなー？」

俺としてはできるだけ高く売れてほしい。

装備もそうだけど、施設とかもいろいろ弄りたいからねえ。ポイントがいくらあっても足りないのだ。

「装備ひとつにつき百ポイント……傷が酷いのはポイントにならないと、まあ仕方がないか」

合計四百ポイントになった！

傷が酷いのは0ポイントだったよ。いちおう0でも引き取ってはくれるっぽかったので、そのまま処分ってことで売却しておいた。

いやー、しかし装備ひとつにつき百ポイントか。

この装備のいいゴブリンを倒しても十ポイントしかもらえないことを考えると、めちゃくちゃおいしいよな、これ。

「思ったよりずっといい稼ぎになりそう……なんだけどなあ」

問題は嵩張るので量を持って帰れないことかな。

俺のバックパックならー……鎧は剥ぎ取らないとして、三体分は持って帰れそうな気がする。

それだけでもう千ポイント超えるからね、めっちゃおいしい。

ただ何度も休憩所と往復するのは面倒なんだよね。

できれば一度に大量に持ち帰って、手間を省きたいところだ。

「デカいバッグ買ってくるかなあ」

一番手っ取り早いのはデカいバッグを買うことかな。

刃物を入れることを考えると、結構丈夫なやつを買わないとだね。

スポーツ用品店に登山用のやつ売ってたかな？

それとも……ん？　あれ？　そういや端末にもバッグ売ってたな。

とりあえず端末を操作してっと……あったあった。

さて、容量はどんなもんかなー。

「……いや、待てよ。バッグってまさかこれ、マジックバッグ的なやつ？？　たっか⁉」

なんかバッグの説明欄に容量拡張（二十リットル）みたいなことが書いてあるんですけど。

ていうか、くっそ高いぞ⁉　これ絶対マジックバッグだ！

欲しい、欲しい……けど！

「五万って、おまっ……えぇぇぇ」

さすがに無理っす。

なんでこれこんなに高いの……？　マジックバッグだからですね。ハハハ。

はぁ……これならデカいバッグ持つか、二個持ったほうがいいような気がするぞ。

いや、待てよ。

「やっぱり改造でバックパックの容量が増やせるぞ！　よかったぁぁ……一式買っておいて本当によかった」

俺のバックパックのレベルは、ほかの装備と同じで十を超えていた。

ポーションを入れるのにしか使っていなかったけれど、使い続けててよかった、本当に。

改造に使うポイントは……一回五百だ。

よかった、法外なポイント数じゃなくて。てか改造に必要なポイントがこれだけって、明らかに自前のバッグを用意したほうがいいよな、これ。

とりあえず、改造でもしようかなーと考えていたら、不意に袖をぐいぐいと引っ張られる。

「ん、どしたー？」

振り返るとクロが袖を咥えてぐいぐいと引っ張っているではないですか。

てかクロじゃなきゃアマツしかいないので、その場合はちょっと引く。

どうかしたのかな？　とりあえず撫でておこう。

「なになに……クロも荷物持ってくれるって？　ありがとうねクロ」

クロの表情を見ていると、なんとなく言いたいことがわかってくる。

どうやらクロも荷物を持つと言いたいらしい。

なんていい子なんだろうか。

でもさすがにクロに荷物を持ってもらうのは無理がありそうな気がする。

力が足りないとかじゃなくて、咥えるぐらいしかできないよね？

猫用のバッグなんて、そんな酔狂なものはないだろうし。

なんて考えたんだけど。

クロは自分の端末をぺしぺしと操作し、俺になにかを見せようとしていた。

なにかな？　と思い覗き込んでみると、そこには〝ペット用！〟と書かれたバッグがいくつも並んでいた。

「ん？　……猫用バックパックだと？？　アマツさん、やってくれるぜぇ」

これはあれか、クロへのポイント稼ぎ的なやつか。やるなっ。

とはいえ、お値段が高いと手が出ないんですけどね。

まあ、そのへんはアマツさんも俺たちの懐事情は理解しているわけで、ペット用のバッグはそこまで高くはなかった。それでいてちゃんとマジックバッグとしての性能は持っているようで、説明欄に容量拡張（二十リットル）とはっきり書かれていた。

「これはお値段も手頃だね。容量少なめだからかな？」

ちなみにお値段は一万ポイントなり。

五十体から装備を引っぺがせば揃うぜ、やったー。

あ、容量少なめってのは、もともとのバッグとしての容量ね。ペット用というだけあってかなり小さめなのだ。たぶん容量五リットルとかそんなんでないかなー。

「いよっし、今日の目標はクロのバックパック買うまでポイントを貯める！　で行こう」

剥ぎ取りに時間がかかってしまうけど、午前中いっぱいあれば余裕で貯められると思う。

部屋に行かなくても廊下を徘徊しているだけでいけちゃうんじゃないかな？

「一日で一万以上貯まるのはすごいな」

いけました。

嵩張る鎧と冑は放置して、バックパックに重ねて突っ込めるナイフや盾、それに手甲と脚絆だけ集めまくってみた。

その結果として午前中いっぱいかけて、だいたい一万六千ポイント分の装備を集めることに成功した。

これならクロのバッグを買って、さらには装備の強化までできてしまう。

本当に装備を引っぺがして売るのはおいしいな。

とりあえず一万分をポイントと交換し、残りは容量チェック用に取っておこう。

しかし、こうもおいしいと勿体ないことをしたなーとも思う。

普通のゴブリン、あいつらもしょぼいナイフだけどいちおう装備してたんだよね。

「普通のゴブリンのナイフも売れたんだろうなあ……」

あれだけの数を狩ったんだ。一部だけでも持ち帰っていれば、俺用の尻尾も買えていたかもしれない……そうだ、尻尾を買わないといけない。

「ま、とりあえずクロのバックパック買っちゃおう。どれにする？」

まずはクロのバックパックを買うのが先だ。

ペット用のバックパックは結構種類がある。俺はクロに端末を見せ、どれがいいか選んでもらうことにした。

クロはしばらく画面をスクロールしていたかと思うと、クロが着けているペット用の装備、それと似た色のバックパックを前足でぺしっと押さえた。

装備の色に合わせるとか、クロ、結構見た目にも気を使っているんだね……。

「購入っと」

とりあえず購入っとな。

「背負える？」

箱を開けてクロにバックパックを手渡す。

人間だったら背負うというのは簡単な行為だけど、猫にそれができるかはわからない。

上手くいかないようだったら手伝おう。そう思いクロの様子を眺めていたが、クロはまず片方の前足を通し、横にくるんと転がるともう片方の前足も通してしまう。

「器用だなあ……じゃあ容量チェックしてみよっか」

手伝えなかったのはちょっと残念だけど、これならクロがバックパックを運用しても問題はなさそうだね。

あとは容量が実際どれぐらいなのかだけど。容量拡張（二十リットル）って書いてあるぐらいなんだから、本来のサイズに対して追加で二十リットル入るってことだろう。

とりあえず、あまり嵩張らない手甲を入れてみようかな。

「ぱっと見は十セットぐらい入りそうだけど……」

クロが選んだバックパックの大きさは二リットルのペットボトルが二本は入るかなー？　といったぐらいだ。

手甲は重ねるとかなりコンパクトになるので、十セットは入るんじゃないかなと思う。見た目的にはね？

「おお、入る入る……」

十セットを両手で掴み、ぐいっとバックパックに押し込むが、余裕で入っていく。

それならばとさらに同量を掴み、突っ込んでみる。

「ま、まだ入るの……？」

まだまだ余裕そうだ。

なんかこう、奥に空間があって、ずずず……って入っていく感じ。

「すごいな、本当に拡張されてるんだ」

結局クロのバックパックは手甲を五十セット入れたところで満杯となった。

手甲をポイントと交換して俺のバックパックも容量がかなりアップしたので、今後の狩りでは大量に装備を持ち帰りポイントを集めることができるだろう。

一通り強化が終わるまでは多少時間がかかるだろうけど、一度現時点で強化できるところまでやってしまえば、あとはレベルが上がるたびに少しずつ強化するだけである。

そうなれば施設にポイントを回したりと、いろいろできるようになるはずだ。

ポイントで悩んでいたのが一気に解決しそうですごく嬉しい。

「よっし、さっそく行こうか？」

それになによりクロが嬉しそうなのがいい。

クロは装備はともかくバックパックはかなり気に入ったらしく、俺の声に嬉しそうに『にゃーん』と返事をすると、尻尾をぴんと立て、歩きはじめた。

そしてそれから一週間が経った。

「やっと全部、強化できたあ」

端末の操作を終え、ふぃーとため息をつく俺。

思ったよりも全部強化するまで時間がかかってしまった。

「途中で要求ポイント増えたのが痛かった……」

時間がかかった理由としては、改造に必要となるポイントが途中で上がったからである。

最初はすべて五百だったのが二千五百に、いまは一万二千五百となっている。

さすがに上がりすぎじゃ？　と思ったが、これにはいちおう理由があった。

このダンジョンは本来四人で潜る前提のダンジョンだ。

そこを俺とクロはふたりで潜っているうえに、安全マージンを取るためレベルも限界まで上げている。

アマツに聞いたが、本来は階層＝いまのレベルぐらいがちょうどいいとのことだった。

一万二千五百ポイントというのは十階層以降であれば、楽に稼げるポイントだったりする。

まあ、それを聞いても安全マージンをなくす選択を取るつもりはない。

いくら死なないと言ってもね。

それで強化が完了した装備の状態についてだけど。

武器は重量を十五キロぐらいまで上げ、刃渡りを五十センチとした。

刃渡りはもう少し長くしたかったのだけど、五十センチ以上伸ばせなかったんだよねー。

たぶん、これはダンジョンの制限に引っかかってると思う。

ほかのダンジョンなら刃渡りを伸ばせるかもしれないけど、このダンジョンではＮＧならってことで刃渡りについては諦めた。

それ以外はひたすら強度と切れ味を上げまくったよ。

お陰でいまなら鉄板も切り裂けると思う。

防具については盾だけ重量を上げて、それ以外は基本的に対刃性と対衝撃性を上げた。

靴だけは武器としても使うので、硬くなるように強度も上げている。たぶん車にひかれても平気なぐらい丈夫になっていると思う。

クロの武器については力場の強度を上げまくって、ついでに切れ味も上げておいた。射程はデフォルトからそれ以上伸びなかったのでそのままである。

防具に関しては俺と同じで対刃性と対衝撃性を上げた。

あとは、それぞれのバックパックの容量も限界まで上げてある。

俺のは本来の容量が四十リットルで拡張分が六十五リットル。クロのは本来の容量が五リットルで拡張分が六十リットルね。一レベルごとに五リットル分、容量が拡張されるみたい。

ちなみに俺のバックパックのレベルは十三でクロは十二である。

で、そんな風にいい感じに強化を終えた俺とクロはというと、次の階層に行くため、扉の前で準備中だったりする。

とりあえずポーションを事前に飲んでおいて、バックパックは置いてっと……そういやこのバックパックは戦闘中は背負ってないけど、レベル上がるんだよな。

ちょっと不思議だけど背負ったまま戦ってポーションが割れたら困るしな、たぶんアマツが気を利かせてくれているのだろう。

「さって、扉の先行ってみようか？」

俺の言葉を聞いて……というか聞く前から、クロは扉の横で待機していた。

尻尾を立てて、待っているその姿はすごく楽しそうである。

バックパックを買ってからというもの、クロは常にどこか楽しげだ。

よほど気に入ったのだろう。寝るときも常にそばに置いてあるしね……。そこまで気に入ってもらえると買ったほうも嬉しくなるというものだ。

俺の尻尾がピンと立つのも仕方のないことである。ああ、ちなみに尻尾はもう入手済みだよ、必須装備だからね！

「次はなんだろうね？」

ゴブリン、ちょっといい装備のゴブリンと続いて、次はなにが出るんだろうか？

これでまたゴブリンだったら笑っちゃうけどなー。

なんて考えながら俺はそっと扉を開けた。

「なにが出るか――」

扉を開けたその直後ピュンッと風を切る音がしたかと思うと、俺の顔面を目がけてなにかが飛んできた。

それは咄嗟に身を屈めた俺のヘルメットに当たり、明後日の方向へと飛んでいく。

「――なあぁぁっ！？？」

扉の中にいたのは、またしてもゴブリンだった。

いままでと違うのは五体いること。そして、そのうちの一体が弓を持っていることだろう。

「はっ？　弓ぃ⁉」

先ほど飛んできたのはこいつが放った矢だったのだ。

少し避けるタイミングが遅ければ顔面にジャストミートしていた。

さっきはゴブリンだったら笑えるとか言ったけど、笑えないわっ。

矢はヘルメットで弾いたのでダメージはないが、めちゃくちゃ焦った。焦ったぞっ。

反射的に避けられたからいいものを、下手すりゃ額撃ち抜かれっ……て、また撃ってきた⁉

「くっそ、入る前から撃ってくるとかっ」

二発目は盾で弾き、俺とクロはいったん扉から離れ、それぞれ武器を構えて待ち構える。

少し待っていたが、中からゴブリンが飛び出してくることはなかった。

部屋に踏み込む前に攻撃してきたのは予想外だったが、出てこないのはほかの部屋と同じであるらしい。

ゴブリンが出てこないのを確認した俺は、盾を顔の前に構え、そっと扉から顔を出す。

すると出した瞬間、盾にガツンと衝撃が来る。やはり弓を持ったやつが入り待ちしていたようだ。

盾に付いている覗き窓から中を窺うと、敵の配置が初期と変わっていた。

壁を背に、盾持ちを先頭に、その少し斜め後ろに槍持ち、一番後ろに弓持ちの順で隊列を組んでいる。数は盾持ちが二、槍持ちも二、弓は一である。

装備の質はさらによくなっている。盾持ちの防具は全部金属製だろう。槍持ちは盾持ちより軽装だが、あれも金属製だ。弓持ちは革っぽいかな。

「ないわーほんとないわー」

ほんっと急に敵のレベルというか強さが変わるよねえ。

てか初見殺しにもほどがある。

これ俺たちみたいに無駄にレベルを上げてなかったら、初撃は避けられないぞ。

まあ、落ち着いたところでやりますか。

「最初に俺が突っ込むから、クロはあとから入ってね」

そうクロに告げ、頭をよしよしと撫でる。

するとクロは頭をぐいっと手のひらに押し付け、もっと撫でろとアピールしてくる。

思わず頬が緩み、俺はそのままずっとクロを撫で続けた。

五分が経過した。

十分経過。

……はっ、いかん。

さっさと連中をやっつけねば……。

再び盾を構え扉から顔を出すと、盾に衝撃が来た。

こいつら俺がクロを撫でている間、ずっと構えていたのだろうか。

俺は矢が放たれたのを確認し、部屋の中へと足を踏み入れ、一気に距離を詰める。

足音はしないが、後ろからはクロがついてきていることだろう。

「っと」

俺が向かったのは、俺から見て左側にいる盾持ちである。

距離を詰めると同時に、槍使いがこちらに向かい槍を突き出してきた。

盾持ちの陰に隠れ、見えにくい位置からの一撃ではあったが、俺はおそらく槍が来るだろうと予想していたので、難なくそれを自分の盾で弾いた。

弾く方向をあえて盾持ちのゴブリンに向けることで、盾持ちの動きを阻害すると同時に、二体に同時に攻撃を仕かける形に持っていく。

槍を破壊するか、盾持ちのゴブリンを倒すか、どちらの結果でも俺としては問題ない。

鉈を振り上げるような俺の攻撃は槍を破壊し、そのまま盾持ちに当たるかと思えたが、咄嗟に盾持ちが構えた短剣により防がれてしまった。てか盾使わんのかい。

「こっのっ」

まあ、膂力《りょりょく》は圧倒的にこっちのほうが上である。

俺は無理やり鉈を振り切り、体勢を崩した盾持ちに向かい思いっきり蹴りを放つ。

金属製らしき盾は俺の蹴りを受け、べっこりと凹んでいた。

そしてそれだけの衝撃をゴブリンが受けきれるわけもなく、盾持ちは盛大に血反吐を吐きながら壁へと叩き付けられた。

「当たるかっての！」

蹴りを放った俺を狙い矢が放たれるが、それは体を捩じることで回避する。

俺は槍を失い狼狽《うろた》える槍持ちと、次の矢をつがえようとしている弓持ちに向かい鉈を振り上げた。

が、俺が鉈を振り下ろす前に、二体のゴブリンの頭部がズタズタに引き裂かれる。

やったのはクロである。

見れば残りの盾持ちは膝をつき……というか、膝から下がなくなっている。

そして槍持ちは慌てた様子でこちらを見て、槍を突き出してきた。

俺が部屋に入ってすぐクロは俺の後ろを追い、そして俺の右側へと飛び出していたらしい。

すぐに槍持ちが反応して槍を突き出すが、クロは難なくそれを躱すと盾持ちの股の間をすり抜け、俺と対峙していたゴブリンへと襲いかかった。

ということらしい。

ちなみに盾持ちの足がないのは、すり抜けるついでに切っておいたようだ。

「よっ」

俺は槍を躱しざまに柄を両断し、思いっきり槍持ちの顎を蹴り上げた。

顎から上が綺麗に吹き飛ぶ。どう見ても即死だろう。

盾持ちはクロがとどめを刺したらしく、頭が潰れていた。

「難易度一気に上がるよね、ほんと……」

そう呟く俺……。いや、それはそれで楽しいからいいんだけどね。

俺の言葉に反応し、『うにゃん』と鳴いたクロも機嫌がいいのが伝わってくるし。

いかんな、どこぞの戦闘民族みたいになってきたぞ。

まあ、いいか。

「さて、剥ぎ取りするか」

お楽しみの剥ぎ取りタイムである。

装備の質がよくなっているし、高く売れそうで嬉しい。

「ん？」

ほくほくしながら装備を引っぺがしていると、視界に見慣れないものを捉え、手が止まる。

「なんだこれ」

それは赤から青へのグラデーションが綺麗な宝石っぽいものであった。

大きさは卵ぐらいで、売ったらすんごい高そう。

なんだろう。

初めて見るけど……そういえば、アマツがなにか言ってたな。

「もしかするとこれってあれか？　改造に使う素材ってやつじゃ……まじか初めて出たぞ」

条件を満たすと装備に特殊効果を付けられる素材があるという話だった。

「よっしゃあ！」

嬉しくて思わずガッツポーズしてた。

「クロ、とりあえず休憩所に戻って確認しようか」

一度戻って確認したい。条件がわからないけれど、もしかすると改造で使えるかもしれないしね。

剥ぎ取った装備をバックパックに入れていく。

鎧が容量を取りまくるけど、鎧の中に冑やらなんやらを突っ込むことである程度は解消できる。

でも一個が限界だった。

残る一個は手で抱えることに。俺もクロもバックパックが満杯になり、ほくほく顔でまずは地下五階へ戻るのであった。

そうだ、ゲートをくぐる前にアマツに声をかけておこう。

もしかすると、この素材について話が聞けるかもしれないしね。

そう思い、部屋に入ると同時に俺はアマツに呼びかけた。

「アマツさんいま——」

「もちろんさっ！」

「——すね」

アマツからの返事はすぐに来た。

というか食いぎみで返事が来たぞ。

やっぱりこっちの行動を見てるんだろうなあ。椅子とテーブルに茶菓子まで用意してあるし……て、なんかアマツの様子が違うな。いつもよりテンションが高い気がする。なんか頬も赤いし、誰得？

まあ、とりあえずさっき取れたやつについて聞いてみよう。

「これって改造に使う素材だったりしますか？」

椅子に腰かけ、宝石っぽいものをアマツへと見せる。

クロは宝石には興味ないのか、荷物を下ろすと椅子へと飛び乗り、満足そうに毛繕いを始める。

バックパックを満杯にするのが楽しいらしく、剥ぎ取った装備には興味を示すんだけどね。宝石じゃあバックパックは満杯にならないから仕方ないか。

「そのとおり！　おめでとう！　結構レアなんだよ、それ」

「やった！　あとで改造しなきゃ」

やっぱりそうだったか。

はたして、どんな効果が付くのだろうか。端末を起動して詳細見ればわかるかなー？

……てかですね。

「……ところでアマツさん。なにかいいことあったんですか？」

さっきからアマツがそわそわしててさ、ときどきこっちをチラチラ見てくるんだよね。

明らかになんか聞いてほしそうだったので、とりあえず聞いてみることにした……。

「あっ、わっかるぅ〜？」

殴りたい、この笑顔。

クロは寝に入った。

俺の葛藤をよそに、アマツはにっこにこと笑顔で勢いよく話しはじめる。

「いやー！　実はねえ！　移動したダンジョンがついに見つけられちゃってね！」

「あ、おめでとうございます」

ちょっと棒読みになっちまったぜ。

まあ、でもめでたいことだね。

ここのダンジョン以外ほぼ放置されているようなもんだったそうだし、ダンジョンの存在が広まれば、いつかじいちゃんばあちゃんに堂々とポーションを渡せるようになるだろうし、俺としても歓迎したい出来事だ。

「ありがとうっ!!」

「攻略してくれそうですか？」

アマツはダンジョンを造ってからずっとヤキモキしていたのだし、その喜びもひとしおだろう。

質問にも大きく頷き答える。

「うん、それも期待できそうだよ。いやー、嬉しいねえ」

「ちなみに見つかったのって日本のものですか？」

そういえばいまのところニュースにはなってないよなーと思いつつ、そう尋ねてみる。

「ああ、いやアメリカとイギリスだよ。日本は……もう少し場所を変えたほうがいいかもしれないねえ」

なるほどアメリカとイギリスか。それなら日本でニュースになっていないのもわかるね。

海外だし、ある程度広まってからこっちでもニュースになるんじゃないかな。

あ、もしかするとネットではもう情報が流れているかもだし、あとで調べてみようか。

しかし日本はいまだ見つからず、かー。……いったいどこに造ったんだろうね？


無駄にテンションが高いアマツを置いて休憩所へと戻った俺とクロ。

「よっし、調べてみるかー」

さっそく端末を起動し、改造の項目をチェックする。

クロはまだ眠そうなので、俺からチェックしてしまおう。

「まず銃はっと……武器にひぞくせい……火⁉　属性？？？」

いきなりビビったわ！

特殊効果とは聞いていたけど、いきなり属性付与だとぉっ⁉

あれか、抜刀したら燃え盛る刃が出てきたり、斬り付けた相手が燃えたりとかしちゃうのか。

やばい、やばいぞ。いますぐこれを付けてしまいたい……が、残りもチェックせねばいかん。

「うぉぉぉ……っ、次！」

俺は興奮して震える手で防具の欄をチェックしていく。

結果としては、防具に関してはすべて『防御時に障壁を発生（弱）』といった効果だった。

たぶん、盾なら盾、ヘルメットならヘルメットに発生するんじゃないかな？

これはこれで格好よさそうだけど。

「どどどど、どうしよう！　これもう武器一択だよね⁉　ね？？」

やっぱ火属性付与がロマンあるよね？？

そばでぼーっとしていたクロにそう同意を求めるが。

「おぷぅっ」

クロの返答は顔面への猫パンチであった。

「……」

うるさかったから引っぱたかれたのかと思ったけれど、どうやら違ったらしい。違うよね？

しばらく肉球の匂いを吸っていると興奮していた気持ちも落ち着いて、冷静になってきた。

すると俺が冷静になったのを察知したのか、俺の顔面……人中あたりに当てていた前足をどかし、小さく『にゃー』と鳴く。

「落ち着いた。クロもちょっと試してもらっていい？　もしかすると違う効果が出るかもだし」

クロは『うにゃん』と鳴くと、自分の端末を器用に操作していく。

後ろで見ていたので内容は俺にもわかった。

腕輪と首輪には火属性付与、防具は障壁を発生と、効果は俺の装備と同じであった。

「よく考えると武器は微妙かもしれない。それに防具もなあ……うん？」

火属性って実際の使い勝手はどうなんだろうね。

強すぎると持ち手がやられそうな気がするし、弱いと相手の肉を焼いて終わりかも？　その場合は止血することにもなってしまうよね。

障壁もないよりはあったほうがずっといいと思うけど、いまのところ防具の性能に不満を持ったことはない。

どうしたもんか……と悩んでいると、カシカシという音が足下から聞こえてきた。

見ると、クロが俺の靴を前足で引っ掻いていた。

……あ、そっか。

「ごめんごめん、靴忘れてたね」

どんな効果かなー……。『踏ん張りが利くようになる』どういうことなの。

「んー……どれもぱっとしない……クロはどう思う？」

決めるに決められなかったので、クロに聞いてみた。

するとクロは俺を見て、ぺしっと靴を前足で叩いた。

クロのお薦めは、靴か。

……今後、重量級の敵が出てくる可能性もあるし、盾でガードするときに踏ん張りが利いたほうがいいかもしれない？　火属性はデメリットありそうだし、障壁はいらないし、靴でいいか。そうしよう、クロのお薦めだし。

俺は端末を操作し、宝石を用いて靴を改造する。

必要ポイントが二千五百と通常の改造よりかかったが、まあ問題ない。

さて、実際どんな感じなのか試してみようか。

確かめるといっても、単に休憩所で反復横跳びしているだけなんだけどね。

「確かに踏ん張りやすいかも？」

ペースを上げていっても靴がずりっと滑ることはなく、しっかりグリップが利いているので効果はあると思う。

あとは走り回ってみるとどうなるかな？

さっそく休憩所の中をざっと走り回って、壁に足を付けたとき不思議なことが起きた。

いつもだとすぐに蹴らないと、ずりっと落ちてしまうのが、なかなか落ちないのだ。

「おぉっ⁉」

え？　っと思い足下を見つめるが、靴はしっかりと壁を踏み締めている。これもおそらく改造の効果なのだろう。

「ととっ」

ただその効果はずっと続くものではなく、数秒で靴は壁から離れ、床に着地する。

さらに試しにと天井へと足を付けると、そちらも数秒ほど張り付くことができた。

「んおっ……まじか、天井にも一瞬張り付いたぞ」

これはもしかすると、かなりいいのではないだろうか？

移動する分には邪魔にはならず、踏ん張りたいときだけきっちり機能する。

これを選んで正解だったかもだ。

「お、装備も値段上がってるー」

連中の装備だけど、ひとつ二百ポイントになったよ。

ちなみに槍は0ポイントだった。誰だよ両断したやつ。

盾も0ポイントだった。誰だよ蹴ったやつ。

俺だよ。

まあ、クロも冑を潰しちゃってるし、俺だけじゃないしっ。

てかね、装備を無傷で倒すのって厳しいんだよね。連中も馬鹿じゃないから、防具のない箇所を狙うと防ごうとするし……。

てか、持って帰る手段が限られているし、無傷な装備が増えても困るっちゃ困る。

持って帰れる装備が増えると頻繁に戻るか、装備を放置しないといけなくなる。

装備を放置するのは精神的につらい。かといって頻繁に戻るのもつらい。バックパックの容量が足らないなあ……と思っていたんだけど。

「俺って馬鹿だよなあ……」

数日後、そう自嘲する俺の肩には普段使っているバックパックのほかに、もうひとつ巨大なバックパックがかかっていた。

バックパックの容量が足りないのなら、追加でバックパックを持っていけばいいじゃない。

重量が厳しくなるので、追加で持っていくのはひとつだけだけど、それでも巨大なやつを選んだお陰で持って帰れる装備の量は一気に倍になった。

あ、重量だけどね。改造して拡張した分については、荷物を突っ込んでも重量が増えないんだよね。俺のバックパックに荷物を限界まで積み込んだとして、俺が感じる重さは四十リットル＋六十五リットルのうち、四十リットル分だけだ。

まあ、なんにせよこれでいちいち休憩所に戻る回数も減ったことで、俺たちの攻略速度は一気に上がっていくのであった。

＊

アマツから海外でダンジョンが見つかったと聞いて少し経ったころ、俺はスマホでそれらしい情報が出ていないかチェックをしていた。

「んー……それらしき情報はなし、か」

動画サイトやニュースサイトにＳＮＳ、それらをいろいろ見て回るが、ダンジョン発見の情報は載っていなかった。

「すぐネットニュースになりそうな気もしたんだけどなー」

枕元にスマホを置き、そう呟く俺。

個人的なイメージだけど、ダンジョンとか見つけたら速攻動画を撮ってネットに上げそうな気がしてたんだよね。特にアメリカ。

まあ、潜る準備とかしているのかもしれないし、もう少し経ったらまた探してみようかな。

「まあ、そのうち出てくるっしょ。おやすみクロー」

椅子の上で丸くなるクロに声をかけ、電気を消す。

明日も朝からダンジョン攻略だ、しっかり休んでおかないと。

＊

素材を使い、靴を改造してから一週間ほどが経っていた。

俺とクロは今日も今日とてダンジョンへと潜り続けている。

地下七階以降、ダンジョンの規模が少し大きくなり探索に時間がかかるようにはなったが、昨日の時点で地下八階までのすべての部屋と通路は網羅した。

残るは次の階へと続く扉だけであり、今日はその攻略のため寄り道せずに扉へと向かっている。

そしてその道中でのことだった。

「お、カードだ。弓だからこれで三種揃ったね」

寄り道しないとはいっても、いくつか通らないといけない部屋が存在しており、たまたま倒した弓持ちゴブリンからカードが出たのである。

ちなみにそのほかの盾持ち、槍持ちのカードは、ダンジョンのマップを埋める際にすでに取得済みだ。

効果としてはゴブリン（盾）が『盾で防御した際に衝撃を緩和する（十%）』、ゴブリン（槍）が

『槍で攻撃した際に相手の防御を無視する（十％）』であった。

おそらく、この弓持ちのカード効果も似たようなものだろう。

ちなみにどれもレベル二のカードだったよ。

盾持ちのカードは俺の盾に使っている。

十％って少ないなとは思ったけれど、実際に使ってみると結構変わるね。

いいカードだと思う。

「ひとつ前の階層のは出てないんだよなー」

地下七階のちょっといい装備のゴブリンからはなぜかカードが出ていない。

狩った数でいえば相当なもんなんだけどねー。

やっぱり、ドロップ率〇・一％ってのがネックだよね。

ただ、使用武器が剣だったから、効果としてはおそらく剣で攻撃したら云々になる気がするので、ちょっと欲しいんだよなあ。

ま、暇なときにでもちょいちょい狩ってみるとしよう。

クロの武器には効果はないかもだけど、俺の鉈には効果あるだろうし。

そのうち出るでしょ。

「ゴブリンが三連続で来たけど、次はなんだろうなあ」

もう少しで扉に着くので、その間に今度はなにが出るのか予想してみる。

いままでずっとゴブリンだったので、そろそろ違うモンスターが出てもいいと思うんだ。

ゴブリンときたら次はコボルトかなーとか思ったけれど、結構強いゴブリンも出てきてるもんで、コボルトはないかなーとも思う。仮にコボルトだとしても、かなり装備がしっかりしているんじゃないかな。

あとはオークとか？　オーガはどうだろう、一気に強くなりすぎな気もするけど。

「またゴブリンだったら笑う……笑えない」

さすがに四連続は笑えない。

信じているよアマツさんっ。

そんなことを考えながら歩いているうちに扉に到着しましたよ。

さて、盾を構えて中を覗いてみますかねー。

そろーっと。

「んー……ほっ」

盾に衝撃は来ない。遠距離攻撃持ちはいないようだ。

それに切りかかってくるようなやつもいないと。

さらにそろーっと盾を出して覗き窓から中を見ると。

やたらと体格のいいのが部屋の中央にいた。

「わーお」

コボルト飛ばしてオークさんだった。

あ、見た目は豚さんタイプだよ。背丈は俺と同じぐらい、でも体の太さが圧倒的に違うね。武器はかなりデカい斧で、鎧もがっつり着込んでいるのでかなり強そうである。

ただ、なぜか足が素足なのでクロなら割と楽にやれそうな気がする。

「よしよし、じゃあまず俺から入るね」

お尻ふりふりしているクロを撫で、ついでに腰も撫でてから盾を構える俺。

クロなら楽そうといっても、やっぱり盾持ちが最初に入らないとねー。

オークは斧を両手で持ち、壁を背にしてこっちをじっと見つめている。

これは入っても待ち構えているパターンかなあ？

そう思い、部屋の中へと足を踏み入れた瞬間、オークはこちらに向け全力で駆け寄ってきた。

雄叫びを上げ、思いっきり斧を振りかぶり、俺へと叩き付けようとする。俺は咄嗟に盾を構えたが、オークは盾など気にした様子もなくそのまま斧を振り下ろしてきた。盾ごと俺をやるつもりなんだろう。

「おおっとぉ？」

オークの斧は俺の盾に当たるとへし折れ、どこかに飛んでいってしまう。

そして俺のほうはというと、盾に傷が付いたぐらいで無傷である。手が若干しびれているが、その程度だ。

レベル差があるうえに俺の盾も限界まで改造してあるし、カードもセットしてある。

これが同レベル帯の人間が相手であれば話は違ったのだろうが、そこは運が悪かったと思ってもらおう。

「ほい」

斧を振り抜いたオークの腕が隙だらけだったので斬り付けてみる。

「浅いか」

手首を狙ったつもりだったが、オークが反応し手甲部分に当たってしまう。オークの手甲も金属製でかなり強度があるようで、骨まで断つことはできなかった。

傷を負ったことでオークが怯むかなと思ったが、ここでオークが予想外の行動に出た。

「おう？」

オークが鉈を持つ俺の腕を掴んできたのだ。

なにをするつもり……と考える前に体が動いた。

俺は盾でオークの顔面を思いっきり殴りつける。折れた歯が盛大に飛び散り、血がダバダバと垂れるがオークはそれでも怯まなかった。

そして盾を持つ俺の腕も掴んできたのである。

このまま力比べでもするつもりか？　そう思ったが、オークの考えは違った。

いきなり俺の顔面に噛みつこうとしてきたのだ。怖いわっ。

「ふんっ！」

噛まれるとか遠慮したい。

俺は鉈の柄でオークの横っ面を思いっきり叩いた。もちろん腕は掴まれたままである。

「鍛えておいて正解だったねえ！」

オークに掴まれた腕を無理やり動かし、オークの首へと鉈を向ける。

ここにきて初めてオークが怯んだ。

焦って両手で俺の鉈を止めようとするが……それは叶わなかった。俺が盾でもってオークの腕をがっしりと止めたからである。

「ふいー……攻撃しても怯まずに殺しにくるかー。厄介だねえ」

ごろりと転がったオークの頭を見て、ここだけ見ると豚だなーと、どこか暢気なことを思いつつ、そう呟く。

実際に俺の膂力がオークより強かったので楽勝ではあったが、そうじゃなかったらダメなんじゃないかな。最初の斧で死ぬか、噛まれて酷いことになるはずだ。

「鎧も硬いし、力もかなりあるし……いや本当、鍛えておくのって大事だわ」

一体だけで待ち構えていたことからわかるように、オーク単体の強さは結構なもんだったと思う。

筋トレを始めてそろそろ二カ月近く経つ。俺の体は服の上からでも明らかに筋肉質であるというのがわかるぐらい鍛えられている。

それはレベルアップの恩恵ほどではないにしろ、俺の力を底上げしてくれていることだろう。

鍛えるのって大事。

その日はそれで探索は終了とし、休憩所に戻ることにした。

「鎧がデカすぎて入らないがな」

なにせオークの鎧が大きすぎてバックパックに入らないのだ。鎧を抱えたまま探索するのはさすがにちょっとねー。

そして、オークおいしいです。

お肉じゃないよ。装備がひとつ四百ポイントになった。

小説だとオーク肉は定番とはいえちょっと食べるのは勇気がいるし、あとそもそも解体できないからなあ……。さすがにオークの解体方法なんて動画ないだろうし。

まあ、そっちはそのうちね……で、ポイントのお話なんだけど。

上手く倒せば一体あたり千二百ポイントになるのですよ。

手甲、冑、斧で千二百ポイントだよ。あ、鎧は嵩張るので次からは放置決定ね。

「やっぱクロだと楽にいけるねえ」

そのあと、しばらくオーク狩りに勤しんでいたのだけど、やはりというかクロとオークの相性はよかった。

オークは素早いクロを数に任せて囲もうとするが、捕らえることはできないでいた。

なのに素足なもんでクロの攻撃はガンガン通るというね。

基本的にクロが足を潰して回り、俺が装備をなるべく傷付けないようにとどめを刺すことでより効率的に狩りを進めることができた。

ある程度貯まったら施設にポイントを回していこうと思う。

ポイント的にはもう猫部屋を導入できるんだけどね。真っ先に猫部屋を選ぼうとしたらクロに怒られたもんで……。ほかの共有できる施設を優先しろってことらしい。

でも俺としては猫部屋を優先したかったので、両方作るということを妥協点とした。

あとはオークのカードも無事ゲットできていたりする。

レベルは二で体専用のカードだね。

カードの効果は腕の筋力に補正『基本値＋五十』だ。

五十って地味にすごいよね？　成人男性の腕力が一・五倍になるって感じだよ。

まあ、それでもレベルアップの恩恵に比べればそこまでじゃないんだろうけど、あるとないとではだいぶ違うと思う。

実際にカードをセットする前後で、鉈の重さがずいぶん違うように感じたし。

これも結構有用なカードだと思う。

……ぐらいに思っていたんだけどね、あとになってこのカードのすごさがわかった。

＊

「あれ？　ダンベル間違え……てないな」

カードをセットしたあとに、日課の筋トレをしようとしたらね、ダンベルが妙に軽かったんだ。

最初はダンベルを間違えたかと思ったんだけど、そうじゃなかった。

「……カードの効果は外でもあるのかよ」

明らかに上がった腕力。

原因として考えられるのはオークのカードしかない。

体にセットしたものだけが効果を発揮するのか、それとも違うのかはわからない。

今後さらにレベルの高いカードを手に入れたらどうなってしまうのか。ワクワクする反面、不安もちょっとある。

てか、ウサギをセットした時点で気が付けよって話だけど、あのときはほら、若返りのポーションを手に入れて不安が解消されて、こう……気分的に軽くなったというかなんというか。足の筋力が上がったのも、気分的な問題として捉えていたんじゃないかなーって思う。たぶんだけど。

それで、この筋力が上がった状態をどうするかだけど、とりあえずはこのままでいいかな。

鍛えてムキムキになっているし、別に違和感とかないでしょーし。

今後やっべー効果のカードが出てきたらそのとき考えよう。カードは外すこともできるし、探索を終えるたびにカードを外してもいいしね。

それに月末にはじいちゃんばあちゃんの手伝いをするし、ポーションを飲んでから作業するつもりではいたけれど、このカードがあれば捗りそうで助かるわ。

「朝はやっぱ寒いなあ」

そしてオークを狩り続けることしばし、月末になりじいちゃんから連絡が入った俺は祖父母宅へと向かっていた。

車から降りる俺をじいちゃんばあちゃんが出迎えに来てくれる。

「じいちゃんばあちゃん、ごぶさたー」

「おう、よう来てくれた」

「すまないねえ」

このまま作業に入るつもりなのだろう。ふたりともしっかり作業着と防寒着を着込んでいる。

いまって四月末だけど、このあたりだと普通に氷点下いくからね。むっちゃ寒い。

「康平……お前またデカくなったなあ」

「あれからずっと鍛えてるからねー」

ポーション様様だね。

筋トレが捗ること捗ること……とはいえ、さすがに筋肉量の増加ペースは落ちてきてるけどね。

これがほとんど増えなくなったら、筋肉を維持するレベルに筋トレを抑えようと思う。

それはそうと、じいちゃん調子よさそうだなー。

「そういやじいちゃん、腰はどう？」

湿布はしっかり効いたのかなー？

「おう！　腰な、一日で治ったぞ。本当に効くなあ、あの湿布」

「でしょー？　あ、これ追加で持ってきたからよかったら使ってね」

効いたようでなにより。

追加で湿布を大量に持ってきているので、じいちゃんに渡しておこう。これだけあれば、しばらくはもつでしょ。

挨拶が終わったところでお手伝いを開始しますかね。

「それで今日はなにを手伝えばいい？」

確か……えっと、定植するんだったっけ？　定植ってなんじゃろ。

「おう、説明するでな、こっち来とくれ」

わからないので教えてくださいっ。

案内された先はビニールハウスだった。

コンテナがいくつも並んでおり、コンテナの中にはなにやら植物がびっしり詰められている。

「ここにあるコンテナをトラックに積んで畑まで運んでほしい。畑に着いたら移植機に移すんだ」

「おー……これ、ほうれん草？」

「んにゃ、ビートだ」

「あ、そうだったね」

確かお砂糖の原料だよね、ぱっと見はほうれん草っぽいけど。お浸しにしたら美味しそうだ。

というわけで作業を開始しよう。

じいちゃんは移植機ってのに乗って畑に向かっていった。

俺とばあちゃんは残って、トラックにコンテナの積み込み作業をするのだ。

結構な量があるけど、去年まではふたりでやっていたそうだから驚きだ。

昔は親戚とかと一緒にさらに大量のコンテナを捌いていたそうだけど、徐々に人が減り、じいちゃんの腰が悪くなったりでいまの量に落ち着いたそうな。

それを聞いた俺は俄然やる気が出てきた。

普段から世話になっているのだ、二～三人分は働いちゃるぞっ。

「康平、いきなり張り切ると体痛めるからね。ゆっくりやるんだよ」

作業を始めて十分ほど、ばあちゃんが俺の心配をするようにそう言うが、どこか驚いたような呆れたような声色が混ざっている。

「うん、いまのところ大丈夫。ばあちゃんも無理しないで休んでてねー」

まあ、最初からハイペースで、しかもまったく速度落とさずに作業を続けているからね。

正直ドン引きするレベルだと思う。

ポーション様様ですわ、本当に。

「そうだねぇ……お言葉に甘えて少しだけ休もうかねえ。よっ……こらせ。年は取りたくないもんだねえ」

まったく作業ペースの落ちない俺を見て、その辺にある丸太へ腰かけるばあちゃん。

腰を擦っているあたり、ばあちゃんも結構腰にきているようだ。

じいちゃんに渡した湿布は大量にあるし、ばあちゃんも使うように言っておこう。

ほどなくして第一陣がトラックに積み終わる。

「あらあらあら。本当に全部ひとりでやったんだねえ……それじゃトラックで畑まで運んでもらってもいいかい？　ばあちゃんは次の用意しておくから」

「おっけー」

俺がトラックに乗って畑に向かうと、道路に面した畑の端っこに移植機がちょうど着いたところだった。

「おう、康平もう終わったんか、早いなあ」

「鍛えたからねっ」

トラックから移植機に移すのも手作業なので、これもかなりの重労働だ。

「それじゃ、じいちゃんはこれ植えてくっから、ばあさんとこ戻って次の持ってきてくれるか？」

「おっけ。じゃ、行ってくるねー」

そうしてコンテナを移植機に移し終えたら、次のコンテナを取りに戻る。

これをすべてのコンテナがなくなるまで繰り返すのである。

これ、ポーションを飲んでなかったら途中でへばってたかもしれんな。

まあポーションは水筒にたっぷり入れてきたから、なくなる前には無事作業を終えることができたよ。

「いやあ、まさかこんなに早く終わるとはなあ」

「康平、ちゃんと食べてるかい」

もちろん食べていますとも。

俺が休憩なしで働きまくったので、当初の予定よりだいぶ早く作業が終わり、昼食にはちょっと早いけれど、頑張ったからと庭を使ってＢＢＱをすることになったのである。

野菜も美味しいけれど、やっぱり体を動かしたあとはお肉が美味しい。

特にジンギスカンを久しぶりに食べたけど、めちゃくちゃ美味しく感じる。

網で焼くとフライパンで焼いたのとはまた違った感じになるんだよね。無限におにぎりが食えちゃう。

「体は大丈夫なのか？　無理はしとらんよな？」

「うん、大丈夫。たぶん、筋肉痛も出ないと思うよ」

そう言って腕をぐいぐい動かしてみせる俺に、じいちゃんもばあちゃんも驚いた様子だ。

ごめんねズルしてっ。

早いところ、ふたりにもポーションを渡したいんだけどなあ。

そのためにはダンジョンの存在が公になって、ポーションが当たり前の世の中になってくれないと……海外勢、頑張ってくれないかなー？

日本はアマツ次第だし、なんとも言えないよね。

帰ったら情報出てないか、また調べてみよう。

そう思いながら、おにぎりをほお張る俺であった。


手伝いを終え、たらふく昼食を食べた俺は、家へと戻っていた。手にはもらったバイト代で買ったクロへのお土産が袋に入り、ぶら下がっている。

「やっぱ情報はなしっと」

かにかまを食っているクロを横目に、ダンジョンの情報が出回っていないか確認したけど、まだのようである。

「んー……筋トレすっか」

そう呟くとスマホを置いて自室に向かう俺。

自室には筋トレの器具が並んでいるが、徐々に手狭になってきている。

ジムに行ってもいいのだけど、ポーションを飲んでるのがバレたら困るし、二の足を踏んでいる。

ダンジョンの休憩所は広いけど、あっちだとレベルアップの恩恵がなあ……。そのうちアマツに相談してみるかなー。

*

「あ、レベル上がってる。クロは？」

オーク狩りを続けること、さらに一週間。

気が付けばレベルアップしていた。

「クロも上がってるか、よしよし。じゃあいよいよ……行っちゃう？」

俺の問いに『にゃーん』と返すクロ。

これで俺はレベル十四に、クロは十三になった。

オークもかなり楽勝で倒せるようになっているし、そろそろ頃合いだろうということで、俺とクロは次の階層に繋がる扉へと向かうことにした。

地下九階にある扉は、ゴブリンのときと同じようにほかの扉と比べて形や大きさ、それに装飾が大きく異なっている。

ここを突破すればなにか一区切りあるのだろう。

新しい機能が追加されるのか、それとも……ま、突破すればわかるか。

「んー」

ポーションを飲み終えた俺は、盾を構えて扉へと近付いていく。

クロは例によって後ろで待機中だ。お尻をふりふりしていつでも飛び出せる準備は完了している。

そんなクロに見守られながらそろーっと盾越しに中を覗いてみるが、特に攻撃される様子はない。

今回も遠距離攻撃持ちはいないっと。

それを確認した俺は、さらに扉から顔を出してみた。

「……牛だ」

中にいたのは牛だった。

殺意の塊のような角があるけど、間違いなく牛だ。

中にいたのは一頭だけだ。体格も相当いいし、強いと見て間違いないだろう。

「これからしばらくは四足タイプになるのかな？」

ゴブリンが出て以降ずっと二足タイプの敵ばかりだった。ここから先しばらくは四足タイプの敵になるのかもしれないね。

しかし、牛だよな。

牛なんだよなー。

「……食えるって話だよね？　クロは食べてみたい？」

俺の問いに『うにゃん』と答えるクロ。

牛を見るクロの目がご飯を期待するときのあれになっている。食べてみたいらしい。

アマツは食えるって言ってたし、こいつも食えるはずなんだよなあ。

ずっとスルーしてきたことだけど、そろそろ敵を食ってみるというのもありではないだろうか？

牛だし、クロも食べてみたそうだし。

もしかすると絶品の可能性だってあるしね。

「なるべくお腹は狙わないでいこう」

内臓だばあってなると味に影響しそうというわけで、食べるのを前提で狩ってみよう。

盾を構えた俺を先頭に扉へと向かう。

牛はこっちを睨みつけ、ひたすら前足で地面を引っ掻いている。

おそらくは扉の先に俺が足を踏み入れると同時に、襲いかかってくるだろう。

そして、その予想はやはり正しかった。

室内の床に足が触れる瞬間、牛が爆発的な加速を見せ、一気に迫ってくる。

「やっぱ四つ足は速いなっ」

二足の敵とは加速が違う。

俺はすぐさま盾を構えて前に出し、牛の視界を遮るようにすると、横っ飛びにその突撃から身を躱す。

なんとなく普通に避けたら追尾してきそうな予感がしたんだよね。

現に俺に躱されたとわかった牛は、瞬時に向きを変え、再びこちらへと迫ってきている。

直線だけじゃなく、左右への移動も超速い。

「ほっ」

でも対処できないほどじゃないんだなこれが。

一度目と同様に盾で視界を遮り突撃を躱し、すれ違いざまに首をざっくり斬り付ける。

太い血管を斬ったようで盛大に血が噴き出るが、すぐに死ぬわけではない。

再び振り返ろうとした牛であったが……ガクリと膝を地面についてしまう。

よく見ると前足が二本ともざっくり斬られていた。

クロがやったのだろう……。

ちなみにクロだけど、俺の背中に爪でびしっと引っ付いていたりする。

俺が突撃を避けて斬り付けたときに、クロもまた前足をちょちょいと出して、牛の足を引っ掻いていたのである。

牛からはその姿はまったく見えなかったことだろう。不意打ちにもほどがある。

さて、首はざっくり斬られて大量出血中、しかも足はやられて動けないときた。

こうなるとあとは出血で死ぬのを待つか、とどめを刺すかなんだけど、どうしたもんかなー……と悩んでいると、なんと傷付いた足を踏み締め、牛が立ち上がったのだ。口からは血の泡を吹き、その目は俺を憎々しげに睨みつけ赤く染まっていた。

その瞳を見た瞬間、全身に悪寒が走った。

ぞわぞわって。

ものすごく嫌な予感がして俺は盾を構え、回避行動に移る……が、それは叶わなかった。

「うっおぉっ⁉」

避ける暇もなく、牛の突撃が俺へと迫る。その速度は先ほどまでの比ではない。

牛の角が盾を直撃し、ガリガリと削りながら滑っていく。

滑った角はやがて俺の二の腕にめり込み、そのまま俺の体を持ち上げた。

俺はすぐに体を捻り、天井に足を付ける。

角が当たった箇所がかなり痛む。骨には異常ないだろうが、傷は負っているだろう。

牛の反撃は俺にダメージを与えたが、そこまでであった。

ぐらりと牛の頭が揺れたかと思うと、だらんと垂れ下がる。

俺が一度斬り付けた箇所を、クロがもう一度ざっくりやっていたらしい。

牛はゆっくりとその身を地面に横たえた。

「さ、最後のなんだったの……？　うわ、盾にがっつり傷が付いてるし」

いや、しかし最後のは本当に驚いた。

急に速度が上がるんだもんなあ……。嫌な予感がして回避行動を取ったから、この程度で済んだけど……ん？

「お、クロありがと」

クロが近寄ってきたのでどうしたのかな？　と思ったら、口にポーションを咥えて持ってきてくれたようだ。

事前にポーションを飲んでいるので、放っておいてもいずれ治る傷ではあるが、俺はありがたくいただくことにした。

ポーションをかけたことで傷も一気に癒えた。

角が当たった箇所は穴こそ開いていないが、迷彩服の布がほつれてしまっている。赤くなっているのは俺の血だ。服と皮膚が強く擦れて、皮が剥けたのだろう。

あとで洗って修復しておかないとだね。

さて、ではお楽しみタイム……と、いきたいところなんだけど。

よく考えたらデカすぎてバックパックに入りきらないんだよね。というか、血で汚れるから入れたくない。

バックパックに入らないとなると、一部を切り取って、手で持って帰ることになるんだけど、どうしようかな。

「カルビ……いや、後ろ足かなあ……あとこの角、売れそうな気がするんだよな」

個人的にはカルビが食べたいけど、上手く腹を掻っ捌く自信がない。

そうなると取りやすそうな足と……角がやたらと殺意の塊のような形状をしているので、なんか売れるような気がする。

幸いなことに頭はもう取れかけなのでちょっと切るだけで済むしね。頭ごと持って帰ってタンもゲットしてしまおう。

……といった感じで、鉈でなんとか解体しようと悪戦苦闘しているときであった。

「もちろん売れるとも!!」

「うわぁ、びっくりした……」

急に馬鹿でっかい声が部屋に響いた。

どう考えてもアマツだよ、こんちくしょーめ。

振り返ってみれば、部屋にもうひとつ扉ができていた。

声はあの先から響いているのだろう……どんだけ声デカいんだよ。

「基本的にダンジョンで入手できるものは、すべて売れると思ってくれていい！　というか、そろそろこっちに来ないかい⁉」

……あれか、たぶん今日ここを突破すると知って待ち構えていたけれど、俺とクロが扉そっちのけで解体作業を始めたから放置くらって寂しいとかそんな感じか。

仕方がない……行くか。

もう後ろ足は無理やりぶった切っていこう。

手に血だらけの牛の足と頭を持って、扉に向かう。

絵面ひどいな。

第五章

扉をくぐり抜けるとアマツがテーブルで待ち構えていた。

とりあえずその辺の壁に牛の足を立てかけて、頭は置くしかないか。

「あー床が血だらけ……」

「袋に入れてくれないかなっ⁉」

新鮮なもんで血が滴り落ちてるのよね。

袋に入れてと言われたけど汚れちゃうのは嫌だしなあ……てか、この床って放置しておけば綺麗になるんじゃないの？

「血だらけになると洗うのが……」

「対処しよう！」

ほほう。

「持って帰っても解体が……」

「対処するとも！」

やったぜ。

言ってみるもんだね。解体もなにかしら対処してくれるというのであれば、ほかの部位も持って帰っちゃおうかな？

「そういうことなら……」

内心ガッツポーズしながら、仕方がないなあ……といった感じでバックパックに後ろ足を詰める俺。

頭はクロのほうに入れた。

すっごい嫌そうな顔してた。ごめん。

「よしよし……それじゃ始めようか」

俺たちがバックパックに素材を突っ込んだのを確認したアマツは、ニコリと笑みを浮かべ話しはじめるのであった。

「まず、十階層到達おめでとう！　ここからは再び四足タイプの敵が出るようになるよ。味も悪くないからそっちも楽しむといい」

味も悪くないと。今日のお昼はステーキかな？

「あとここから先は特殊な力を持った敵ばかりだからね。楽しみにしておいてほしい」

ほほー……あれ、なんか思い当たる節があるぞ。さっきの牛だ。

「さっきのはそれですか。……死にかけになると能力が上がるとか？　火事場の馬鹿力、的な」

「ふふふ……それは秘密だよ！」

秘密って、ほとんど言っちゃってるようなもんじゃんー。

急に動きがよくなったのはそういうことだったのか。これから出てくる敵も気を付けないとだなあ。

「あとは新しいアイテムが購入できるようになっているよ」

新しいアイテム！

「おお！　……お、若返りのポーションが五年になってる」

さっそく端末を開いて見てみると、若返りのポーションに五年のやつが追加されていた。

そのほかの怪我や病気用のやつも購入ポイントが高いやつが追加されている。たぶん、より効果が高いってことなんだろう。……そういや新ポーション、どこまでの怪我や病気を治してくれるんだろう。

これまでのポーションでも、いまのところすべての傷を癒やすことができている。

病気はわからない。なにせポーションを入手してから風邪にも罹ったことがないからだ。

もしかすると千切れた腕をくっつけたりとか、欠損を治したりとかそれぐらいすごい効果があるのかもしれない。

今後も深い階層に辿り着くたびにアイテムが更新されていくんだろうなあ。

次は十五階で七年物のポーションが出るのかな？　そうしたら合計で十五年も若返ることになる。クロとかもうぴっちぴちに若返ってしまうぞ。てか、じいちゃんばあちゃんも十五年も若返れば、だいぶ違うよね。

そのうち全世界の人が老いとは無関係になっていくんだろうなー。

病気も怖くなくなるし……ん？　あれ？

「ほかにもいろいろ追加されているよ……どうかしたかい？」

「あ、いえ。そのうちですけど、世界中にこのポーションが広まることもあると思うんです」

世界中にダンジョンができるらしーから、いずれはね。

「うんうん、そうだね」

「そしたら人口いっぱい増えるじゃないですか。食料とか大変だなあと、ふと思ったんです」

全世界の人類が、老いも病気も克服したらどうなるか。

俺の頭じゃそんな詳しくわかるわけじゃないけれど、少なくとも人口が増えるってぐらいはわかる。

そうなると食料やばいよねってのもわかる。日本とか食料自給率が低いし、もっとやばいだろう。

まあ、俺なんかが思い付くぐらいだから、そんなことをアマツが考えていないわけもなく。

「もちろんそのあたりは考えているよ、安心してほしい。ここで出る敵が食べられるのもその一環さ。あとは購入できるアイテムにもいろいろ追加してあるよ……まあ、やりすぎると被害を被る人も出るからね、調整しながらやっていくつもりではあるけど」

そう笑顔で答えるアマツ。

きっと何度もこういうことは経験しているはずだ。普段の姿はあれだけど、任せておけば大丈夫な気に不思議となる。

そういった難しいことはアマツに任せて、俺はまず端末になにが追加されているかを確認することにした。

装備やアイテムもそうだが、特に施設関連が前より充実しているように見える。

……猫部屋以外ろくに見てなかったから気のせいって可能性もあるが。

まあ、とりあえず見ていこう。

猫部屋以外も購入するとクロと約束したしね。

「おう……解体施設とかあるんですけど？？」

もしかしてこれがさっきアマツが言ってたやつだろうか？

場所を用意するから自分で解体しろと？　ははは、アマツの前で解体してくれようか。

まあ、たぶん違うと思うけどね。

きっと解体用のおっちゃんがいて、頼むとぱぱっと解体してくれるとかそんな部屋だろう。

おっちゃん付きの施設ってすごいな。

それはそうと。

「あらためて見るといろいろあるなーってか、本当に増えてるな」

猫部屋以外にも欲しい！　と思う部屋がたくさんある。

ポイントはいっぱいあるし……。

「……わかってるって。ちゃんと必要なものだけにするよ」

こっちをじとっと見つめるクロの頭を撫で、そう告げる。

クロに嫌われたくないし、ちゃんと選びますとも。

さて、まずはいま必要としているものからだよね。

「解体施設は欲しいでしょ、あとランドリーも絶対欲しい」

牛を解体しないとだし、血で汚れたバックパックも洗いたい。

返り血ってなかなか落ちないんだよねえ。靴とか最初のころと色変わっちゃってるしさ。

ほかに必要そうなのはーっと。

「トレーニングルームある……まだ相談してないのに……すごい欲しい。あとは……カフェルームってなんだ？　喫茶店？」

トレーニングルームはめちゃくちゃ欲しい。

カフェルームはなんだろうね、お茶とかお菓子が出てくるのなら欲しいかな。

いつも休憩所で休んでから家に帰るんだけど、そのときにこの手の施設があると嬉しい。

あとは……なんか変なのあるぞ。

「ＢＢＱ広場ってなんだよ。いや、想像つくけどさあ」

なんでこんなのあるんだーと思ったけど、ちょっと欲しい。

じいちゃんばあちゃんの家は本当に田舎だから、隣の家まで数百メートルとかそんなレベルだし、外で焼肉やっても問題ないんだよね。

でも俺の家だとさすがにそうはいかない。

今後はお肉がいっぱい手に入るっぽいし、焼肉やりたい。

室内で焼いてもいいけど、やっぱり広いところで焼肉がしたいのだ。

「炊事場も地味に欲しいかな……」

下ごしらえとかするのによさそう。

ご飯も炊いたりできたり？　焼肉するならご飯は必須だよね。

さて、これらと猫部屋をすべて購入したとしてはたして何ポイントになるのか……。

「えっと合計でいくらだ？」

「猫部屋いれて三十五万ポイント……余裕で足りるじゃん」

余裕ですわ。

いまの所持ポイント六十万超えてるからね。

オーク狩りで一日三〜四万は稼げちゃうんだよなあ。

最初のころポイントでひーひー言ってたのが懐かしい。

さて、購入するか。

「よっし購入っと……」

ぽちっと決定ボタンに触れると、休憩所の壁にぽぽぽんっと、部屋名が書かれた扉が現れた。

扉の先には購入した施設があるのだろう。

これでだいたい欲しいのは揃った。ただ購入したのはほぼ自分が欲しい施設ばかりだったので、クロにも欲しい施設がないか聞いてみる。

「クロはほかになにがいると思う？」

だが、クロは尻尾を軽く振っただけで、あまり施設に興味を示すことはなかった。

「特にないと……それじゃ、さっそく猫部屋に——」

そういうことならと猫部屋に向かおうとするが、途端にクロが『にゃーっ』と強めに鳴く。

「——じゃなくて解体施設だね。お肉傷んじゃうし」

うん、お肉が先。そうですとも。

さー、解体施設に行こうかっ。

俺はバックパックを持ち、解体と書かれた扉へと入っていく。

「おぉ……え、これまじで自分で解体しろってこと？？」

扉の中はいかにも解体屋です！　とアピールしてそうな造りとなっている。

部屋のあちこちに刃物やらお肉の塊やらが吊るされており、年季の入ってそうなテーブルには血の染みが……いや、待って。

おっちゃんがどこにもいないんですけど？　これまさかここにある道具を使って自分で解体しろとか言わないよね？　アマツの前で解体しちゃうよ？？

と、どうやってアマツの前で解体してやろうかと考えていたのだけど、クロの鳴き声ではっと我に返った。

「んん？　……なになに」

クロの前には箱とトレーがあった。

箱には端末が付いており、どうもそこでなにかを操作できるらしい。

これがおっちゃんの代わりってことかっ。

ごめん、アマツ。

心の中でこっそり謝りつつ、俺は端末の操作を始めるのであった。

使い方はすごく簡単だった。取説なくてもいけちゃうぐらいだね。

「なるほど、このトレーに解体したいものを置いて、あとはこの端末で操作すると。周りの刃物だとかは飾りなのね」

この箱の中で解体作業のすべてを行ってくれるそうな。

とりあえず俺は後ろ足と頭をバックパックから出すと、トレーへと置いた。

「えーと……いろいろ項目あるねえ」

端末を操作していくと、思っていたより細かく解体できることがわかった。

肉だけではなく、筋、骨、皮、脳みそなどなど……正直脳みそはいらないかなと思う。

幸いなことにこの場で破棄する、もしくは売却が選べたのでお肉以外はすべて売却してしまおう。

角は一本八百ポイントだったよ。つまり一頭につき千六百ポイントだね。骨とか皮は量が少なかったからかポイントにはならなかった。一頭まるまるなら結構もらえるんじゃないかなー？

牛はお肉もポイントももらえるのでおいしいね。

「んじゃ、決定っと。……解体費用として五百ポイント……まあ、これぐらいなら問題なし」

解体はタダじゃなかった。

でもまあ自分で解体することを考えれば安いと思う。

決定を押すと、トレーが動き箱の中へと入っていく。

そしてすぐに入った側と逆から出てきたかと思えば、そのときにはもうお肉に変わっていた。

「おぉ、ちゃんとお肉だっ」

綺麗な赤身肉で美味しそうだ。

「食べる？」

クロに聞いてみると、『にゃー』と返事がある。

俺の足をばりばりと引っ掻いているので、早く食わせいということだろう。

「せっかくだしＢＢＱ広場に行ってみようか」

ＢＢＱ広場っていうぐらいだから、きっと焼く道具とかもあると思うんだ。

なかったら諦めて家で焼くけどね。

お肉の載ったトレーを持って、俺たちはＢＢＱ広場の扉をくぐった。

「おぉ、結構広い……って、外ぉっ⁉」

そこは思っていた以上に広かった。

むき出しの地面にさまざまな道具が並べられており、普段見慣れたコンロから見たこともないような道具もある。そのすべてがＢＢＱ用の道具なのだろう。

周囲は森に囲まれており、どこまで広がっているのかはわからない。

そしてなにより太陽と青空が広がっているのが驚いた。

ここ、いちおう地下のはずなんだけどね。なんかもう別空間になってるってことなんだろうか？

まあ、その疑問に答えてくれる者はここにはいないのだが。

いたとしてもアマツぐらいなもんだ。

「はい、本物ではありませんが、空間を操作し外を再現することで、本格的なＢＢＱを楽しんでいただけるように造られています」

「ほー………誰ェ⁉」

背後から聞こえた謎の解説。

またアマツかと思ったんだけど、振り向いて見るとそこにいたのはアマツではなかった。

というか人ですらない。

見た目はマネキンが近いだろう。白くて陶器のような無機質なボディ。そのところどころから、機械のようなものが覗いている。

ゴーレムとも機械とも取れるそいつは、俺に向かい滑らかな動作で頭を下げるのであった。

「申し遅れました。私、ダンジョンマスターよりＢＢＱ広場の管理を任されています。ピットマスターのマーシーと申します」

「お、おぉ……よ、よろしくでーす」

どこかで聞いたような名前……いや、気のせいだろう。

それよりも解体施設にいなかったおっちゃんが、こんなところにいるとは……いや、おっちゃんじゃないけどさ。

しかし、アマツといいこのマーシー？　といい、人を驚かせるのが好きなのだろうか？　こう、もっと目立つところにいてくれてもいいと思うのですよ。

「よろしくお願いいたします。島津様」

「えーっと……それじゃ、さっそく。さっき手に入れたお肉を食べたいんだ。ここにある道具って好きに使っちゃってもいいのかな？　お肉を切りたいんだけど」

管理を任されてるってことだし、とりあえずマーシーに聞いておけば問題なかろう。

解体施設で解体されたお肉は塊のままだからね、食べたいのはステーキであって肉の丸焼きではないのです。

「もちろんです。ご自由にお使いください……もしよろしければ私のほうで切り分けることもできますが、いかがいたしましょう？」

「あ、そうなの？　じゃあお願いしちゃおうかな」

まじか。そんなこともできちゃうのか。

わざわざ言い出すぐらいなんだから、きっと俺より切るのは上手いだろうし、任せてしまおうか。

俺が切ったらお肉が歪《いびつ》になりそうだし。

「とりあえずシンプルにステーキで食べたいから、ちょっと厚めでお願いしようかな」

「かしこまりました」

そう言うや否や、マーシーはどこからか長い包丁を取り出すとお肉にぴたりと当て、こちらをちらりと見る。

どれぐらいの厚さがいいか確認したいようだ。

「うん、それぐらいでー」

俺が同意するとマーシーはすっと一気にお肉を切ってしまう。

あの包丁切れ味やばいわ。

「ちなみに、ほかにもいろいろできちゃったりするのかな？」

「はい、もちろんです。単純なものから凝ったものまで、なんでも作れます……ですが、そちらのサービスはポイントが必要となっていまして、こちらがサービスの一覧でございます」

俺の問いに答え、マーシーはこれまたどこからか端末を取り出し、俺へと手渡す。

中身はマーシーが提供できるサービスの一覧であった。

単純に切ったり、焼いたりするほかにもさまざまな凝った料理が作れるらしい。

どれも日本のＢＢＱではまず見ないような料理が並んでいる。

ただ今日は単純にステーキをがっつり食べたい気分だったので、シンプルに焼いてもらうことにした。

……真っ赤な赤身のもも肉ステーキ。正直なところ俺がやっても上手く焼ける自信はない。生焼けか固くなるかのどちらかだと思うんだよね。

「おー。……じゃあとりあえずステーキ焼いてもらっちゃうかな。味付けは塩コショウとレモンバターで。あ、クロの分は味付けはなしで」

「かしこまりました」

猫に塩分が濃い食べ物はＮＧだからね。

「あ、普通の焼肉にもできるのね」

「もちろんです」

肉を焼いてもらっている間に端末をざーっと眺めてみると、凝った料理以外にも普段自分たちがやるＢＢＱ……というか焼肉用のお肉なんかも用意できるらしい。

漬けダレのセットもあったりするので、みんなで焼肉やろうぜ！　ってときに便利そうだ。

手間がかかるやつをマーシーに任せて、自分たちは適当に焼いて食うと。素晴らしい。

「あとでじいちゃんばあちゃんにもお裾分けしたいから、食べ終わったらお願いしてもいいかな？持ち帰りできるよね？」

「かしこまりました」

明日にでも持っていってあげよう。

あ、いやその前にいちおう味見してからかな。もし美味しくなかったらあれだし。

そんな感じで端末を眺めている間に、ステーキが焼き上がったようである。

「お待たせしました。鉄板が熱くなっていますのでご注意ください」

「ありがと！　うひょー、めっちゃでっかい」

超分厚いね。三センチはありそう。

赤身でしかもこれだけ厚いとなると、噛み切るの大変そうだけど……。

「んんっ……うっまい！」

固いとかそんなことはなかった。

「赤身だから固いかと思ったけど、すんごい柔らかいね、焼き加減完璧すぎる。超ジューシー」

噛むとほどよい弾力と、肉汁がじゅわって出てきて超旨い。お肉の味もいいね、変な臭みとかもないし。

あれ？　お肉って少し熟成させないと美味しくないんだっけ？

でもこれ普通に美味しいよな……まあ、いいか。美味しければなんでもよし！　なのだ。

「クロも食ってる？　食ってるね、よしよし」

クロもかなり気に入ったらしい。

『うにゃうにゃ』鳴きながらがっついてるし、いつものご飯よりずっと食いつきがいい。

チュ〇ル並だね。

五百グラムはあっただろうステーキだけど、あっという間に食べきってしまった。

……正直ちょっと物足りない。

「……牛タンも焼いてもらおうかな」

「かしこまりました」

ほら、お裾分けする前に味見しないとですし？

このあとに焼肉も食べないとだから、ちょっと少なめにしておくから大丈夫よ大丈夫。

「うまっ……んご？　むーむー？」

牛タン美味しい。

もっしゃもしゃ食べていたら、ふいにスマホがぶいーんと震える。

なんぞ？

「中村からだ。すごい動画あったから見てみろだあ？」

高校の同級生からだった。

なにやらすごい動画があったから見てみろということで、ご丁寧に動画のリンクが貼り付けられている。

……どれ。見てみるか。

とりあえずリンクをぽちっとすると、某動画サイトのアプリが立ち上がる。

さて、どんな動画かなーと思い、画面を見るが、そこに表示されたタイトルを見て口に含んでいた牛タンを危うく吹き出しそうになる。

「自宅の裏山でダンジョン見つけたので銃持って無双してきた……小説のタイトルかな？」

タイトルだけを見ると小説かなにかだと思うよね。

小説のタイトルかな、と口にするけどたぶん違うなーと見る前からわかった。

たぶんアマツが言ってた、発見されたダンジョンのことなんだろうと思う。

ただ気になるのはタイトルが日本語ってことは、日本のダンジョンなのかなーと……でも銃って書いてあるし、どういうこっちゃい。

ま、見てみればわかるよね。

それじゃ再生っとな。

「英語じゃん。これ日本じゃないな……アメリカのダンジョン」

まず動画に出てきたのは銃を持ち、カメラに向かいテンション高く喋りまくるおっさんの姿だった。

ただ喋っている言語は英語っぽいし、おっさんもどう見ても日本人ではない。

あと周りの風景とかも日本とは違うし、おっさんはＢＢＱ好きそうだし、これどう見てもアメリカだね。酷い偏見である。

動画はまずおっさんが喋りながら裏山へと向かい、ぽつんと存在する扉を指さし、さらになにかをまくし立てている。

……正直、英語わからんのよね。

放送禁止用語を連呼してるのはわかるけど……まあたぶん中にモンスターがいるぞとか言ってると思う。モンスターって単語は聞こえたから。

てか、アメリカのダンジョンはいきなり扉があるのか。

こっちと違って洞窟？　があるわけじゃないのね。

まあ、うちは極小ダンジョンだからってのもあるかもしれんけど。

それで動画のほうは、おっさんが扉を開けて中に入った場面へと移る。

中は……これまたうちとは違うね。いかにも洞窟って感じだ。なぜか明るいのは一緒だけど広さもだいぶ違う。うちは数人並んで戦うのが精一杯な感じの通路だけど、動画のほうは十人以上はいけそうな感じである。

おっさんはその洞窟を銃を構えながら歩いていく。すると少し進んだあたりで、遠くからなにかが駆け寄って……え、まじで？　ゴブリンだぞ、あれ。

数は五……しょっぱなの道でゴブリンが五ってやばくないか？
このままじゃおっさんはフルボッコになってしまう……。そう思ったが、そこはやはり銃は強かった。

ズガガガッという派手な音がしたかと思うと、ゴブリンがパタパタと倒れていく。

なんとか近寄ったゴブリンもいたが、ショットガンで吹き飛ばされる。

動画はそのあともしばらく道を進み、ゴブリンが出るたびに銃で蹴散らすを繰り返す。

そして弾が切れたのだろう、おっさんがカメラに向かいなにか喋り、来た道を戻りはじめたところで動画は終わっていた。

んー、やっぱ銃強いな。

てかあのゴブリンが弱すぎな気がする……そういや刃物も持ってないな？　弱個体とかなんだろうか。

っと、返信しないと。

「なに、小説が実写化でもするの？　てか、やたらとＣＧの出来いいね……っと」

まあ、こんなもんかね。うん、これダンジョンだよねー知ってる知ってる。俺んちにもあるからさー！　とか言えるわけないし。

するとすぐに返事が来た。

どうもネットだと本物じゃないか？　って話が優勢なんだぞーとのこと。

まあ、あれをＣＧっていうのも無理があるか……？　いやでも最近のＣＧはすごいからなあ。個人で作るには無理があるって感じなのかな。

「本物ならすごいけど、さすがにないんじゃないー？　っと」

返信はこんなもんかな。

「ついに広まったかー」

全然ニュースにならなくて、ヤキモキしていたけど、動画がネットにアップされて、しかも結構な再生数になっている。

そのうちダンジョンの場所が特定されたり、ポーションが見つかって騒ぎになったりするのかな。

そうなれば最初は国が動いて……そのあとはどうなるかな。

でも、アマツとしてはいろんな人にダンジョン攻略してもらいたいはず。国が独占って方向にはならないようにするだろう……大丈夫かな？

ま、これでダンジョンが広まる可能性が高まったってことだよね。

ここのダンジョンが世間に知られるのはまだまだ先になると思うけど、それまでにできるだけ攻略を進めてアイテムをゲットしておきたい。

「攻略、頑張らないとね。どうせなら一番になりたいし」

そう言ってクロの頭を撫でる俺。

いつの間にかクロが俺の横で画面を覗き込んでいたのだ。

ダンジョンのゴールがどこにあるのかはわからないけれど、どうせなら一番に攻略したいもんだ。

あとから来た人に抜かれるとやっぱ悔しいし。しょうがないよね、だって俺、男の子だしっ。

それにゴールにはもしかすると……いやなんでもない。

がっつり食べて、寝て、明日からも気合い入れて狩るとしよう。

正直食いすぎた感がある。

「お腹きっつい」

いや、実際食いすぎだろう。

なにせ合計で一キロは食っている。結構量を食えるほうだとは思うけど、大食いってほどじゃないんだよね、俺。

「あ、クロ。猫部屋に行く前にポーションを飲んでおこうか」

忘れないうちにクロにポーションを飲ませておかないとね。

「五年ものだから、これで八年若返るね……おおう一気に必要ポイントが高くなったぞ。ほい、飲んで飲んで」

二千五百ポイントかなーと思ったら、一万二千五百ポイントだった。

急にお高くなったな。まあまったく問題ないけどねっ。

八年若返るってことはクロは十歳になるってことだね。

おそらく次は七年ものが来るだろうし、そうしたらクロは三歳ってことになる。

三歳ってなると相当若いよね。もうピッチピチだよ。

クロにポーションをあげたものの、どうもクロもお腹いっぱいだったようで、飲みきるまで少し時間がかかってしまった。

飲み終えてから少し時間が経ち、クロも落ち着いてきたっぽかったので、いよいよお楽しみの猫部屋である。

「よっし、猫部屋を見にいこうか!!」

張り切って扉に向かう俺に対し、クロは仕方がないなあ……って感じで後ろからついてくる。

扉をくぐると、そこはちょっとした教室ぐらいの広さの部屋であった。

壁には一面に板やら梁が付いており、いわゆるキャットウォークと呼ばれるもので埋め尽くされている。

さらには床も似たようなものであり、猫ちぐらが大量に床に置かれ、それぞれは中で繋がっているらしくまるで迷路のようになっていた。そのほかにも猫が好きそうなもので埋め尽くされている。

そのどれもがどこかしら猫っぽい形状をしていたり、飾りがついていたりと思わず持って帰りたくなるようなものばかりだ。

「おお。あの猫ちぐらすごいな……待って、天井高すぎない？？」

さらにすごいのは天井が恐ろしく高いことだろう。

天井までずっとキャットウォークが続いており、猫なら……普通の猫では厳しいかもしれないが、クロなら難なく上まで登りきることができると思われる。

あとは縁側もあり、陽が当たって昼寝するのによさそうだ。

布団が置いてあるのもポイント高い。

クロと一緒に食後の昼寝してもいいかも……そう思い、俺は縁側のほうへと向かおうとするが。

「……がっ⁉」

少し歩いたところでなにかにガツンと当たり、それ以上進めなくなる。

「え、なにこれ、見えない壁がある？？」

手を前に出せば、壁のようなものに触れる感覚がある。

どれだけ押してもびくともしない。

いったいこれはどういうことなのか？　と疑問に思っていると、そんな俺の横をクロが壁をスルーして歩いていく。

これは、まさかのあれか。

「人はそっち行けないのっ⁉」

猫限定ルーム⁉

ここはあくまで猫が楽しむ用であって、人は入り口付近までしかダメと……まじかい。

あの布団はなんなのさ、人用かと思ったじゃないかい。

せっかく買ったのに……いや、でも待てよ。

「クロ、見てくるといいよ。俺はここで端末見てるから」

もとからクロのためにと買ったものだし、たとえ奥まで入れたとしてもクロが楽しむのを邪魔する気はない。せいぜい縁側でぼーっとしているぐらいだろう。

つまり入れなくてもあまり関係ない、と。

クロにはしばらくここで遊んでもらって、その間に端末の確認でもしておこうと思う。なにやら面白そうなものが追加されているっぽいし。

端末を見終えても、クロは戻ってこない。俺は端末をしまい、今度はスマホを眺めて時間を潰すが……。

ごめん、やっぱ数時間放置されるとちょっと悲しいです。

でも体育座りしてたら、クロが近寄ってきて頭を擦り付けてきたのでよしとしよう！

クロは飼い主思いの優しい子なのだ。

お腹が空いただけだったとさ。ははっはーん！

＊

そしてその日の夕方、俺は持ち帰った焼肉用の肉を持ってさっそく祖父母宅へと向かった。

「それじゃークロ、ちょっと行ってくるねー。ご飯は用意しておいたから食べててね」

クロもステーキをたらふく食ってはいるが、若返りのポーションを飲んだあとはお腹が空くはずである。なのでご飯はたっぷりと用意した。

「じいちゃんばあちゃんおるー？」

いちおう事前に、これから向かうことは伝えてあるので在宅だとは思うが……。

「康平いらっしゃい」

玄関のチャイムを鳴らすと、すぐにばあちゃんが玄関へと出てきた。

「今日はどうしたの？」

まあ、入んなさいということで茶の間に上がり、お茶を出しながらばあちゃんが切り出した。

渡したいものがあるとは言ってあるけど、詳しくは話してなかったからね。

俺はバッグからお肉を取り出し……あ、ちゃんとあれだよ？　スーパーのお肉が入っている発泡スチロールみたいなものに入れてあるからね？　マーシーに頼んだらやってくれたんだ。それにマーシーに冷凍もしてもらったし……あとバッグも狩りで使ってるやつじゃないよ、買い物用のバッグだかんね。

てか、あのＢＢＱ広場まじで便利だな！

「まずこれ、友達に牛肉いっぱいもらっちゃってお裾分け。味付けはしてあるからこのまま焼いて食べてね」

「あら！　こんなにたくさんすまないねえ」

バッグにみっちり入れてきたからねえ。たぶん五キロぐらいあると思う。冷凍してあるし、このまま冷凍庫に放り込んでもらえればしばらくはもつでしょう。

あ、ちなみに味はめちゃくちゃ美味しかったとだけ。お腹いっぱいであれだけ美味しいのなら、空腹だったらどうなるんだろうね。

で、実は次がメインだったりする。

「あとはこれ。新しく開発中の肥料だかで、たいていの作物に使えるらしーんだけど」

クロに放置されている間ずっと端末を見ていたんだけどさ、その中にこんなものがあったんだ。

『畑になにを撒けばいい？　困ったときはこれ一本！　ぐんぐん伸びるよ、ノビール1号』

なんかもうキャッチコピーとか名前とかくそダサすぎてどうしようかと思ったけど。アマツだし。

どうも以前、アマツが言っていた人口が増えた際の対策？　そのひとつがどうもこれらしい。

たいていの農作物に効く肥料で、これを使えば病気になることもなく、ぐんぐん育って収穫量アップ間違いなし！　……らしいよ。

ちなみにこれ一本！　とか言っておいて、肝心な肥料は液体タイプじゃなくて固形というか、粉末状のものだったりする。

「あらー……ありがとねえ。使えるかはわからないけど、じっさまには話してみるねえ」

ばあちゃんの反応も微妙だ！

だいたい肥料とかもう決まったものを使ってるんだろうし、こんな怪しげな肥料まず使ってくれないと思うんですよ。

それでも効果があるってことはいままでのポーションの例からいっても明らかだし、なんとか使ってもらいたいところだ。

「お願いー。あとは……あ、そうだ。またお手伝いできることあったら言ってねー」

また手伝えることがあれば呼んでねと伝え、とりあえず今日はここらでお暇しよう。

ご飯食べていかないの？　って聞かれたけど、お肉食べすぎてお腹がキツい……と、またの機会にってことにしたよ。

実際にまだお腹にお肉が残っているしね。

＊

牛さんを食べて以降、ひたすら牛さん狩ってます。

だって美味しいんだもの。

ポイント的にもお肉的にも。

ただお肉にしても角にしても嵩張るのが難点だ。あと頭をバックパックに突っ込むたびに、クロが嫌そうな顔をするのがちと申し訳なくなってくる。

でもね。

とりあえず頭を持って帰ると角と牛タン、それにほほ肉をゲットできるので、最近ではもっぱら頭だけを持って帰ることが多い。

あとたまにカルビとか？　スペアリブは絶品だったね。

あ、脳みそはいらないです。

「んー」

いまも狩り終えた牛さんの頭を切り落としてるんだけどさ、なんかこう頭だけひたすら切り落としてるとあれだね。どこぞの妖怪さんになってしまった気持ちになってしまうよ。

名字が同じだけのはずなんだけどなー？

牛さんを狩るコツは、例の死にそうになると強くなるやつ、あれを発動させずに倒すことだ。

要は一撃で倒せばいいってことだね。なんか脳筋っぽいな。

心臓は狙いにくいし、やはりすれ違いざまに首……というか頸椎を狙うのが一番早い。

そのあとの解体も楽になるし、やっぱ首だよ首。

一撃で倒せるようになってからは狩りの効率も上がり、さくさく攻略が進んでいく。

そしてもうそろそろマップが埋め終わるなーといったところで、牛さんがカードを出してくれた。

「お、カード出た出た」

カードの効果はなんとなく予想がつくけれど、とりあえず端末で確認しておこう。

「火事場って……いや、そのまんまだなこれ」

予想通りでしたとも。

死にそうになったとき火事場の馬鹿力を発揮すると……使う機会が来てほしくないカードだけど、あれば便利なのかもしれないね。

あとでクロと相談して使うかどうか決めようかな。

カードが出る確率はかなり低く、狙ったとしてもなかなか出るもんじゃない。

今日はついているなーと思いながら、この階層のマップを完成すべくダンジョンを進んでいき、ある部屋に入ったところで宝箱を発見した。

別に宝箱自体は珍しいものではない。

一日に複数個、出ることだってあるしね。中身もレアが出ない限りそれなりのものなので、いつもレアが出るといいなーと思いながら開けている。

それで、今回見つけた宝箱なんだけど、いつもと様子が違うのだ。

「ん？？　なんかこの宝箱見た目がやたら豪華なんだけど……」

いつもは宝箱という名の木箱のくせに、今回は金属製で細かな装飾が施されていて、この箱だけでも結構な価値がありそうな感じである。

「なにかいいもの入ってるかもよ」

ワクワク感を抑えつつ宝箱に近付きながらクロにそう伝える。

クロも普段の箱と違うことがわかるのだろう。興味深そうにふんふんとしきりに匂いを嗅いでいる。

そっと箱に手をかけ、蓋を押し上げる。

いつもであれば中に入っているのはポーションが数点、それに性能が微妙な武器や防具……といった具合である。

今回の宝箱は外見だけじゃなく中身も違った。

……いや、これで中身が同じだったら詐欺だって叫ぶけどね。

「宝石だ……あと、なんだこれ？　爪？　牙？」

中身は装備の改造に使う宝石が三つ、それとなにか生き物の爪か牙が入っていた。

おそらく両方とも装備の改造に使うものだと思う。

この場で確認してもよかったのだけど、俺は蓋をぱたんっと閉め、箱を抱えて元来た道を早足で戻りはじめる。

別に誰かが盗るなんてことはないのだけど、なんとなくね……。

「なんか今日はついているねっ」

歩きながらクロにそう話しかけると、クロも嬉しそうに『うにゃー』と鳴く。

やっぱこういうレアなものが手に入るのってダンジョンの楽しみのひとつだよね。

もう少し出やすくてもいいんじゃない？　とも思うけど、これからずっとダンジョンに潜ることを考えるのなら、これぐらいでいいのかもしれないね。

人が増えるとそれだけ産出も増えるだろうし、物があふれすぎてレア物に価値がなくなったりしたら悲しいしね。

休憩所に戻り、頭を解体し終えた俺は、さっそく先ほど入手したアイテムの確認をすることにした。

「さってさて、どんな効果がつくのかなー？」

赤から青のグラデーションが綺麗な宝石。

これは前と同じものだろう。

「あ、やっぱ同じか」

とりあえず念のためってことで確認したところ、『防御時に障壁を発生（弱）』と出たので同じやっぽいね。

この宝石はもう一個入っていたので、どちらもクロに渡してしまおう。

攻撃を食らうとやばいのはクロだし、気休め程度かもだけど使ってもらおうと思う。

それで、残りのひとつだけどー……色が違うんだよな、これが。青っぽいオパールって感じですごい綺麗。

ま、効果を確認してみますかねー。

と思ってまず防具にどんな効果がつくのか確認したのだけど、宝石を使用した改造が候補として出てこないのだ。武器も同じであった。

あれー？　と思った俺はとりあえず一通りの装備で確認し、そして靴のみ改造候補が出てくるのが判明した。

「こいつだけ靴にしか使えんぞ……不動ってなに？」

靴につけていた効果は『踏ん張りが利くようになる』といったものだったが、それが消えて『不動』としか表示されなくなっている。

ゴブリンのカードもそうだったけど、こう単語だけぽんと表示されてもどんな効果なのかわからんのよねー。まあ、なんとなく想像はつくけれど。

「とりあえずクロ、冑と鎧にこっちの宝石使っちゃって。で、こっちの宝石でなにか効果が出るか確認してみて」

そう言ってクロに宝石を全部渡す。

もしかするとクロの装備ならどこかに使えるかもしれないしね。

「こっちの爪はっと。どしたのクロ」

クロが宝石を使って改造している間に爪っぽいやつの効果を確認しようかと端末を操作していると、クロが俺の膝に前足をかける。

もう改造と効果の確認が終わったらしい。

早いね。

「あれ、さっきの宝石使えるのか……金剛とな」

クロの端末を見せてもらうと、俺が防具に使ってもダメだったオパールみたいな宝石。

あれが使えるようになっていた。そしてついた効果は俺のときとは違うものだった。

これはおそらく……。

「……強化用の宝石ってとこかな」

そのもの単品では効果がなくて、ほかのものと組み合わせると効果を発揮するタイプとみた。

不動も金剛も元のやつとなんとなく意味も似ている気がするし。金剛は微妙か？　まあいいや。

「なるほどね、そっちはあとで考えるとしてこの爪は……」

とりあえずそっちは置いといて、問題はこの爪っぽいやつだよね。

間違いなく特殊効果がつく強化素材だとは思うんだけど。

どれ、確認してみようかな。

端末を操作して……とりあえず対象は防具からでいいか。

「……防具は該当なし。靴も違う」

まあ爪っぽいし、武器関連かなやっぱ。

俺はそう思い端末を操作したのだけど……ちょっと予想外のものが表示された。

「スキル！？？」

強化素材の効果はまさかの『スキル【土蜘蛛】を使用可能になる』だった。

……効果はさっぱりわからないけど、スキルだ。

このダンジョンを攻略してても スキルとかまったく使えるようにならないから、そういった類のものはないのかと思っていた。

でも違ったらしい。

まさか改造して発動するようになるとは……いや、でもよく考えればさっきの金剛だの不動だのもスキルといえばスキルなんだろうか？

……まあ、考えてもわからないんだけどね。

アマツにしかそこはわからないだろう。てか、このスキルの名前もアマツが考えたのかな。

漢字を使っているあたり、日本を意識して名付けたのだろうか。

しかし、楽しみだ。

爪はふたつある。俺とクロの両方の武器を改造できるからね、お揃いのスキルって、なんかいいよね。

「素材二個あるし、クロも改造してみようか？」

そうクロに尋ねると、『にゃー』と返事が来た。

尻尾が立っているしクロも嬉しいんだろう。

さっそく素材を使おうとするクロであったが、それに俺は待ったをかける。

「効果がわからんから、まず俺がやってみるね」

ハズレだったときが悲しいからね。

そう言いながらクロの頭を撫でると、クロも納得したのか小さく『にゃん』と鳴いて、端末の操作をやめる。

素材を使った改造自体はすぐに終わった。

武器の見た目で特に変わったところは……いや、若干刃の色が変わったか？　薄いけど黒っぽいグラデーションがついたように見える。

ちょっと格好いいな！

「じゃあ試し切りに行こうか？」

そう言ってゲートに向かう俺とクロ……あ、休憩所のゲートだけど、十階へも繋がるようになったんだ。

ゲートをくぐろうとすると行き先階の選択が空中にポンと出てくるから、行きたいほうに触れるだけで行けちゃう。ゲートがどんどん増えていったら邪魔そうだなーって思ってたけど、この方式なら場所を取らなくていいね。

とりあえず十階へと向かい、牛さんでスキルを試そうと思ったんだけど。

鉈を構えてスキルを使いたいと思うと、脳内にふっとスキルの発動方法が思い浮かんだ。

「発動方法はわかった。でも効果はわからんのよね」

防具じゃなくて、武器に付けられるってことは攻撃用のスキルだとは思うんだけどね。

てか、頭にふっと発動方法が思い浮かぶって、よく考えると怖いな。

脳内、弄られてないよね？？

「んー……ん？」

そこらの壁に向かって試しに使ってみようかな？　……なんて考えていたら足音が聞こえてきた。

タイミング悪いなあ、しかも二頭いるね。できれば一頭がよかったんだけど、しゃーないやるか。

ちなみにスキルの発動方法だけど……発動するという意思を持って、スキル名を叫べば発動するというものだった。

かなり恥ずかしい気がする。人様の前では使えんよねこれ。

でもここには俺とクロとモンスターしかいないから、使っちゃうんだけどね。

通路の奥から聞こえてた足音が急に激しくなる。

向こうもこちらに気が付いて速度を上げたのだろう。

ほどなくして見える牛さんの姿。

一頭を先頭にし、もう一頭が少し遅れてこちらへと一直線に向かってくる。

俺は鉈と盾を構え、牛が突っ込んでくるのを待ち……避けると同時に叫び、首元に向かい鉈を振るう。

「土蜘蛛!!」

そう叫んだ瞬間、鉈の周囲や俺の腕に円錐状のなにかが纏わりつく。

それは艶のない黒色をしており、恐ろしく重量感のある……おそらくなにかの生き物の一部であった。土蜘蛛というスキル名からして、巨大な蜘蛛の牙や爪先だろうと思う。腕に触れた感じが、金属などではなく、虫の甲殻のように感じられる。

俺は突如現れたそいつにギョッとしながらも、牛に向かって腕の延長上に伸びた、円錐状のものの先端を突き出すように振るう。

本来であればそんな巨大なものを、いくらレベルアップの恩恵で身体能力が上がっているとはいえ、軽々と振るうことなどできない。

だがそれは鉈を振るうのとまったく変わらない速度で振り切ることができた。

そしてそれは恐ろしいまでの威力を発揮した。

先端は尖っていて、まるで槍の穂先のようであり、牛の首に当たるとさしたる抵抗をみせることなく奥に奥にと突き進んでいく。形状が円錐状であるため、進むにつれて穿《うが》たれた穴は広がり、やがて強烈な破裂音とともに、耐えきれなくなった首をはね飛ばした。

さらには後方にいた牛にも当たり、その半身をごっそりと削り取ってしまう。

「ひぇぇええっ!?」

……いや、正直ドン引きするレベルの威力なんですけど!?

牛の首の骨って硬いし、首自体も太いから一撃で切り落とすなんてまずできない。

それなのにこいつは一撃で首を吹っ飛ばしたうえ、威力が衰えることなく二匹頭にも致命傷を負わせた。

ヤバいなんてもんじゃ……ん、あれ？　ちょっと待って。

「……ダルッ」

ものすごくダルい……なんだこれ、気持ち悪い。

スキルを使ったその反動？　それともＭＰ的なものが存在していて使いすぎた……とか？

このダルさも肉体的な疲労とは別物な気がする。

どちらかというとＭＰ的なものの問題な気がする……うぅ、ダルいよぉ。

「あー……やっと治った」

五分ぐらいで復活しました。

ポーションを飲んでみたけれど、ダメだったんだよねー。

いやー、このスキルは強力だけど使ったあとのダルさが酷いな。

レベルを上げると解消されるのか、それともスキルを使い続ければ解消されるのか……さすがにずっとこのままってことはないだろうし、あとでいろいろ試してみるか。

さて、効果もわかったところで次はクロの番だね。さっきからすっごいソワソワしているし。

でも俺がダルそうにしているから、気を使って待っていてくれたんだろう。

「クロもやってみる？　ダルくなるから気を付けて」

そうクロに話しかけると、クロは嬉しそうに端末を操作し、すぐに牛を探して歩きはじめる。

クロの後ろをついて歩き、ほどなくして曲がり角から牛が姿を現した。

今度は一頭らしい。

クロは牛を見つけると同時に飛び出し、牛が反応するよりも早く、『にゃー！』と鳴いて噛みついた。

噛んだということは、クロはどうやら首輪を改造したらしい。

クロの攻撃は見事に牛の前足を二本とも噛み砕くに至るが、それだけであった。

「……出てない、よね？」

どう見てもいつものクロの攻撃と変わらない。スキルが発動していないのだ。

そのあとも念のためということで、引っ掻き攻撃でも試してみたが発動はしなかった。

「よしよし……」

目に見えて落ち込んでいるクロを抱きかかえ、しばらく頭を撫でてあげた。

んんん。

なんでクロはスキルを発動できなかったかだけどー……なんとなくアマツがやらかしている予感がひしひしとするのです。

こりゃ確かめに行くしかあるまい。

「アマツさんいますかー……あ、いた」

クロが落ち着いたところで五階に行くと、アマツは椅子に腰かけひとりでニコニコ……というかニマニマしながら空中を見ていた。

怖いわっ。

「いらっしゃあああい！」

そして無駄にテンションが高い。

「……なにかいいことあったんすか」

「ははは！　いい感じにダンジョンの情報が広まりそうでね、ついつい嬉しくなってしまったのさ」

「あー、動画アップされてましたもんね」

「そう！　実に素晴らしいことだよ。あのお陰で大勢の人がダンジョンの存在を知った……多少のトラブルはあるだろうが、これからダンジョンに来る人が増えるのは確かだろうからね」

やっぱアマツもあの動画の存在に気が付いていたらしい。

それで、今後増えるであろうダンジョンを訪れる人たちのことを思い、ひとりでニヤニヤしていたと。

このダンジョンマスター、残念感がすごいよね。

まあ、それはいいとして。

「それで、今日はどうしたんだい？」

「あーっと。宝箱から出た素材で武器を改造したらスキルが使えるようになったんですよ」

本題を話さねば。

「おお！　おめでとう！　どれどれ……おお、アタリを引いたね。それは相当レアだよ、運がよかったね」

なるほど、そんなレアだったのか……確かにそれならあの威力も納得だ。

ただ問題はクロが使えなかったということ……。

「それで、俺はスキルを使えたんですけど、クロが使えなかったんです。これってなにが原因なんでしょう？」

「使えない？　スキル名を叫べば使えるはずだよ」

やっぱそーか！

そうだと思ったよ、こんにゃろめーっ。

「クロは喋れないんで」

「あはははっははっ‼」

なにわろとんねん。

「おぅっ⁉」

笑うアマツの顔面に、クロの両足がめり込んだのであった。

猫のドロップキックとか初めて見たわ。

「はい、調整完了。これでクロも使えるようになったよ」

作業にしてほんの数秒だろうか、アマツはあっという間にクロでもスキルが使えるように調整を済ませる。

「ありがとうございます」

「いやなに、これはこちらのミスだからね！　まだまだ調整するところはあるからね、気が付いたら遠慮せず言ってくれたまえっ」

そう笑顔で話すアマツの両頬にはクロの足跡が赤く残っている。

クロがアマツの顔面にドロップキックしたときは、よくやった！　と思ったけれど、冷静に考えるとダンジョンマスター相手に結構やばいことしてたんだよな。

アマツがその辺のこと一切気にしないタイプでよかった……むしろ頬を触って嬉しそうにしてい

るし、動物好きなのかもね。

そのあとでクロもスキルを試してみたのだけど、俺とはちょっと違う感じだった。

俺の場合は円錐状の……たぶんあれ、足だと思うんだけど、それが一本出るだけだった。

それに対してクロの場合は小さめの円錐が空中に二本出た。

あれはたぶん牙だと思う。

……それとこれは予想なんだけど、この土蜘蛛ってたぶんダンジョンのもっと下層に実在するんじゃないかな？　ここのダンジョンにいるかはわからないけれど……あの威力を見たあとだと絶対戦いたくない相手だ。

そもそも虫って時点でアウトである。

……アマツにも言っておこうか。虫を出すと潜る人が減るかもよって。

その日はスキルを何度か試し、お開きとなった。

ちなみにアマツについた足跡だけど、一週間ぐらい消えなかったとだけ言っておこう。

治すのを忘れていたのか、それともわざと残したか……たぶん後者だろう。

気持ちはわからなくもない。


「さすがに毎日牛肉だと飽きちゃうよね」

狩りに行くたびにお肉が手に入るもんで、毎日牛肉を食べまくっているんだよね。

マーシーに頼んで日替わりでいろいろな料理を食べているけど、さすがに牛肉そのものに飽きがきてしまったのだ。

じいちゃんばあちゃんにお裾分けするにも、さすがにあの量は多かったみたいで、さらに近所にも配ってどうにか消費している状態らしい。

美味しかったらしいんだけどね。届けたその日にじいちゃんがわざわざ電話かけてきたし。

でもあの年齢になると量は食えないそうだ。ご近所さんも年はあまり変わらないそうだし。

なので、牛肉に代わる新たな獲物が必要なのである。

そういったわけで俺とクロは次の階層へと進むため、扉の前へと来ていた。

「そんなわけで扉の先に行ってみたいと思います。わーぱちぱちぱち」

その場を盛り上げようとそんなことを言ってみたけれど、返ってきたクロの反応は無言と冷たい視線のみ。俺はそれぐらいでは挫けないのだ。

「んじゃ、開けるよー……冷たい」

気を取り直して、盾を構えてそっと扉に手をかける……冷たい。

え、どういうこと。

「え、なんで冷たいの……すっごい嫌な予感するんだけど」

クロがじゃなくて、扉自体が冷たい。

よく見ると結露しているし、明らかに周りより冷たくなってるね、これ。

いやーな予感がする。

「クロ、ちょっと離れてて……あ、開けるよ？」

クロに少し離れるように指示を出し、俺はそろーっと扉を開け、盾越しに中を覗き込んだ。

そしてその瞬間、青白く尖ったなにかが俺に向かい何個も飛んできた。

大きさは五百ミリリットルのペットボトルぐらいだ。

先端はいかにも刺さります！　といった具合に尖っていて……これは、氷だ。氷の矢？　槍？がこちらに向かい飛んできていたのだ。

「うぉぁああっ!?」

食らったら絶対やばい！

直感的にそう感じた俺は盾で受け止めるのではなく、回避することを選んだ。

幸い速度はそこまでじゃなかったので、なんとか回避することができた。

俺の横を通り過ぎた氷の矢だか槍は、床や壁に派手な音を立てて突き刺さる。

「な、なにいまの!?　って、凍ってる、凍ってるぞ？？」

氷が突き刺さった箇所を見ると、パキパキと音を立てて氷が広がっていく。

盾で受けてたら、腕ごと凍っていたかもしれない。

俺ってばナイス判断。

「盾で受けちゃまずいよな？　……クロ、ちょっと荷物から頭もらうよ」

受けた瞬間に手放せば大丈夫かもだけど、盾が氷漬けになると困る。溶かすの大変そうだし、傷みそう。

というわけで、牛さんの出番だ。

俺はクロのバックパックから牛の頭を取り出すと、角を掴んで扉からひょいと出してみる。

すると牛の頭に氷がガンガン当たるので、氷が途切れると同時に手放し、部屋の中へと突入する。

すぐに次が飛んでくるかと思ったが、多少の溜めが必要であるらしい。

部屋の中央付近には一匹の青白い、やたらとゴツゴツしたトカゲのような生き物がいた。

体長は尻尾の先まで三メートルほどでかなり大きい。

氷はこいつが放ったものだろう。

いったいどうやって飛ばしたのか……と思ったが、よく見ると空中にじわじわと氷が生まれはじめている。

……まさかの魔法？　いや、スキル？

どっちかわからないけれど、撃たれる前にやっつけないとダメってのはわかる。

俺はトカゲに駆け寄ると首を目がけて鉈を振るった。

「かてぇっ」

幸いトカゲの動きは非常に緩慢で、攻撃は難なく当てることができた。反撃もない。

だが、致命傷には至らなかった。

トカゲの鱗……というよりは鎧のようなものを叩き割り、肉には達したが鎧も肉も非常に硬く、刃があまり通っていない。

仕留め損なったが、まだクロがいる。

クロはトカゲ目がけて飛びかかり、『にゃー！』と鳴いて思いっきり歯をガチリと鳴らす。

するとクロの不可視の攻撃だけではなく、スキルが発動し円錐……いや牙が二本生まれ、トカゲの背に大きな穴を穿つ。

「まだ生きてるっ⁉」

だが、そこは弱点ではなかったのだろうか、トカゲはまだ生きていた。

空中にある氷は徐々に大きくなり、もうすぐ先ほど飛んできたものと同じ大きさになる。

おそらく避けることはできるだろうが、万が一食らったらと思うと、非常にまずい。

俺は即スキルを発動した。

「土蜘蛛!!」

狙うのは一撃目で傷を付けた部分!

俺が放った一撃は首を抉り取り、今度こそトカゲは動かなくなった。

すると同時に空中に浮かんでいた氷が地面に落ち、サラサラと消えてなくなった。

きっちり倒せたようである。

「っだあぁぁぁ……」

結果としては無傷で倒せたのだけど……疲れた。

まあ疲労の半分はスキルを使ったせいなんだけどね。

「スキルを使えば一～二発でいけると。でもあれって何度も使えるってわけじゃないしなあ」

そうそう実はアマツに確認したんだけど、やっぱスキルを使うことでＭＰ的なものを消費しているらしい。ＭＰの最大値はレベルが上がると増えるそうだ。

土蜘蛛はかなり強力なスキルに入るらしく、その分消費も大きいとのことだ。

あとはスキルにはレベルではなく、熟練度というものがあって、それはスキルを使用することで上がっていき、上がるほどに威力は上がり、逆に消費ＭＰは減るそうだ。

現に牛さん相手に使いまくったお陰で、俺とクロも一度の戦闘で三回はスキルを使えるようになっている。

それ以上使うと超ダルくなる。

ちなみにＭＰの回復手段はいまはないそうだ。

いまはない……なので、いずれ出てくる可能性はもちろんある。が、そうなるとスキルを使いたい放題になってしまうので、使える回数に制限をかけたり、回復手段の入手を難しくしたり、ＭＰ回復用のポーションを用意するとかであれば必要ポイントをすごく高くしたりと、そのあたりで調整しそうな気がする。

というわけで、スキルを連打してこいつを倒すってのはなしかな。

数匹ならいいけど、数が多いとスキルでごり押しはできないし。

「レベル上がったら切れ味上げて、あとは剣ゴブリンのカードをゲットするか……？　てか、もしかしてあの宝石で火属性つけておけば楽になったんかなあ……いまさらだけど」

といった感じで剣ゴブリンのカードを集めるのがよさそうな気がする。

クロと二手に分かれて倒しまくればそんなに時間はかからない……はず。

ま、その辺の話は置いといて、とりあえず持っていけそうな部分だけ切り取っちゃうかな。

できれば全部持って帰りたいところだけど……どう見てもひとつのバックパックに入りきらないので、ぶった切って分けて持つしかないかな。

とりあえず、血が抜けたら切って……あれ、なにこれ？

「うわ……こいつ血液も冷たいのか」

俺たちがつけた傷から血がダラダラと流れ落ちているのだけど、どうも様子がおかしい。

疑問に思いよくよく見てみると、血液から白い気体がふわーっと出ていたりするし、血が触れたあたりに霜ができていたりする。どうもこいつは血液が非常に冷たくなっているらしい。

というかこいつの全身めちゃくちゃ冷たいんですけど……下手すると触れた指とかがぴとって付きそうなぐらいである。

「いや、これはさすがに食わない……」

クロが目で、食うの？　こいつ食うの？　と聞いてくるが、ちょっと爬虫類は遠慮しておきたいかなーと……意外といけるって聞いたことはあるんだけどね、爬虫類。

いちおう一匹まるまる持って帰った結果、三千ポイントになったよ。皮とか鎧っぽい部分が高いみたいだね。

アマツ曰く、これで革製品を作ると夏でもひんやり冷たいものができるらしい。

ポーション同様に世の中に出しちゃあかんやつだ、これ。

そのほかの部位も似たようなものらしく……当分の間は全部ポイントにするしかないなー。

トカゲと戦ってから数日間、俺とクロはひたすら剣ゴブリンを狩っていた。

「剣やっと揃った……と思ったら帰りに二枚追加で出るし、どうなってるのさ」

結果として、剣ゴブリンのカードを合計で五枚入手することができたよ。

てか揃ったと思ったら追加で二枚ぽろっと出るし……いや、無駄にはならないんだけどね？

ちょっち複雑な思いがですね。

「まあ、レベル上がったし無駄にはならないけど」

牛さん狩りまくっている間にレベルが上がっていたらしく、俺はレベル十五、クロは十四になっていた。

装備も同じくレベルが上がっていて、カードのスロットがさらに増えているのだ。

レベル一と二がひとつ追加され、さらにレベル三のスロットが解放といった感じ。

なので俺の場合、剣ゴブリンのカードを二枚セットできることになる。あ、剣ゴブリンのカードはレベル二だったよ。

武器にセットするレベル一のカードってここじゃ手に入らないのかもね。

あとはー……クロの装備は実はまだレベル九だったりする。

これは端末で購入した装備だからだろうね。アマツが言っていたけれど、カードをたくさん揃えられるなら自前の装備を使い続けたほうがいいってのは、このあたりのことだろう。

あ、バックパックは別ね。

あれはなぜかレベルが上がりやすいらしい。高いからかなあ？

ま、なんにせよこれでトカゲ狩りが捗ることだろう。

カード二枚で相手の防御を二〇%無視するってことだし、一枚でもそれなりに効果あったからね。

あ、ちなみに二〇%無視ってのはー……たとえば相手の防御力が受けたダメージを百カットする、だった場合にこれが八十カットするになる感じ。

これのお陰でスキルを使わなくても、弱点を狙えば通常攻撃でトカゲを倒せるようになる。

武器のレベルが上がって、さらに切れ味も上げるからね。

きっとサクサク狩れることだろう。

「帰って休むか……」

狩るのは明日以降だけどね。剣ゴブリンのカードを集めるのが思った以上にきつかった。

午後はクロと一緒にゆっくりしてよう……。

＊

ソファーに寝そべり、俺のお腹の上で転がるクロを撫でながらスマホを見ていたんだけど。

不意にスマホに通知が来る。

「お？」

中村からだった。

またなにかあったのだろうか？

「……生放送？？　ダンジョンで？」

メッセージの内容は以前送ってきた動画についてだったが……なんでも動画を偽物だと批判する人が多くて、それに対して怒った投稿主が、なら生放送でやってやるよと啖呵を切ったそうな。

「えぇ……それ大丈夫なのか」

銃があるし、投稿主は大丈夫だと思うけど……銃で生き物を殺しまくる動画を生放送っていけるのか？　ＢＡＮされそうな気もするけど……でもいけるならこれでダンジョンが本物だってことが広まるよな。

……うむ。頑張れ投稿主、応援してるぞっ。

「んじゃ、中村に返信……まじで？　いつやるの？　っと」

そう返信するとすぐに反応があった。

「今日の夜中ぁ？　……あ、そっか時差か」

時間は夜中ということで、ふざけんなーと思ったが……アメリカだし時差があって当然なんだよな。

確か十二時間ぐらい違うんだっけ？　なら仕方ないよな。

翌日のことを考えるとあまり夜更かしはしたくはないが、この生放送はちょっと見逃せない。

「クロも見る？　ほかのダンジョンで生放送するんだってさ」

クロにそう尋ねると『にゃん』と返事がある。

そして昼寝に入るクロ……放送時間に合わせて仮眠を取るつもりだろうか。

……俺もそうしようかな。

いや、さすがに時間がありすぎるか。いま寝たらそのあとずっと起きてないとダメそう。

大人しく筋トレでもしてようか。


筋トレやりすぎた感がある。

気が付いたらもう生放送の時間になっていた。

「始まる始まる。クロ、始まるよー？」

クロにそう声をかけて、スマホで動画サイトにアクセスする。

俺が入る前にすでに何人も……というか百万人以上のアクセスがあるようで、チャット欄は英語やら読めない言語で埋め尽くされている。

早すぎて読めない。

てか遅くても読めない。

まあ、いいや映像に集中しよう。

場面はちょうどダンジョン入り口前に投稿主が来たところだ。

「入り口デカくていいなあ。うちのも少し大きくなればいいのに」

投稿主は英語でなにやら熱く語ったあと、扉を勢いよく開け中へと入っていく。

ダンジョンに入るための扉が大きいの、ちょっと羨ましい。

毎度這って入るのあれなんだよねー。

でもまあ、うちのダンジョンは小さいからこそ周りにバレてないってのもあるし、難しいところだよね。

それで、動画のほうだけど、投稿主のおっさんは銃をいくつも持ってガンガン前に進んでいく。

当然ゴブリンがわらわら寄ってくるんだけど……すべてアサルトライフル？　だったかな、あんなやつで一掃している。

いいところに当たると一撃で死んでるんじゃないかな。

「やっぱ銃は強い……」

「あとやっぱゴブリンうちより弱いね。一階だからかな」

うちのゴブリンと比べると動きも遅いし、装備も貧弱というか腰布だけだし。どう見ても弱い。

だとしても銃が強いってことには変わりないんだけどね。

やっぱ軍隊とか来るとがんがん攻略しそうだよなあ。

問題は弾代かな？　あとは敵の数が多いから弾切れもだね。

さて、そんな感じで投稿主がガンガン進んでいくもんで、チャットもえらい盛り上がりを見せている。投稿主もそれを見て気分をよくしたのか、上機嫌でさらに進む速度を上げていく。

「あの数はまずいんじゃない？」

そして、うちでいう小部屋にあたる場所だろうか、やたらとゴブリンが溜まっているところに辿り着いた。

数は……三十はいそうな気がする。

そういやデカいダンジョンって推奨人数も多いし、敵の数も多いんだっけか。

となると、おっさんひとりじゃこれ以上進むのは無理なんでないかなあ。

なんて考えてたらおっさんが興奮しはじめた。

「英語さっぱりわからん……でもなんか興奮してるし、煽られた？　沸点低っ」

この先に溜まっているゴブリンについて話していたのだけど、どうもチャットで煽られたっぽい？　やたらと放送禁止用語を連呼しているけど、それ以外はさっぱりなに言っているのかわからない。

「え、嘘、行くの？？」

どうも奥に行こうとしないおっさんに対して、臆病者とかそういった言葉が投げられたようで、おっさんは興奮しながらゴブリンの群れに突っ込んでしまう。

すると一斉におっさんにゴブリンが向かってくるわけで。

最初は銃でガンガン倒していたのだけど、弾が切れ、銃を交換してまた弾が切れたところでゴブリンがおっさんに飛びかかった。

残り三匹だけだったけど、おっさんはあっという間に残りの二匹にも飛びつかれ、悲鳴を上げる。

「……うわちゃー」

幸いそこのゴブリンは身体能力は大したことはなく、おっさんはなんとか振り切ってその場から逃げることができた。

ある程度離れるとゴブリンが追ってこなくなったから助かったのであり、これが追いかけられていたらおっさんはきっと助からなかっただろう。

「生きているけど怪我やばいな」

そのあと、おっさんはなんとか地上に辿り着き、救急車を呼んだ。

ほどなくして現場に救急車が到着し、おっさんは担架に乗せられ運ばれていった。

その様子は地面に転がったカメラで撮影が続いており、放送を見ていた皆がこれはけして嘘ではないと理解したことだろう。

さらには警察、続いて軍隊まで来たところで電池が切れたのか放送が止まる。

クロはもう寝てた。

「警察に加えて軍隊まで来ちゃったと……これ、相当デカいニュースになるよね」

思っていた以上に大事になりそうだ。

ダンジョンの存在が広まるのは確かだけど……。

「……封鎖されないといいけど」

期待よりも、そっちの心配のほうが大きかった。

後日、この件はアメリカのニュースでかなり大きく取り上げられたらしい。日本でもちょろっとニュースでやったぐらいだしね。

ただ、一度ニュースで見かけて以降、続報はない。

ネットにはその扉があった場所の写真なんかが上がっているけど、壁で覆われていて中がどうなっているかはわからないし、周りには軍が常駐しているそうで近付くことすら困難とのことだ。

これ、どうなっちゃうんだろうな。

あとでアマツの様子でも見てくるかな……と考えたときだった。

また中村からメッセージが来たのである。

「ぬ？　また中村からだ」

またである。

そして内容もまたかよと言いたくなるような内容だった。

「イギリスも生放送するう⁉　……そっか、イギリスでも見つかってたもんな。でもアメリカのニュース見てないんだろうか？　あれ見たら尻込みしそうなもんだけど」

アメリカの動画を見てか、うちにも同じようなのがあるぞ！　と投稿したやつがいるそうで。

で、またまた例によって偽物だろうと煽られて、なら生放送やってやらあ！　となったらしい。

嘘でしょ。

「人数揃えるつもりなのかなあ……いや、そもそもゴブリンだし、ダンジョンだもんな。俺が思っているより、危険だけど参加するってのはずっと多いのかもしれない」

まあひとりじゃ無理ゲーってのはアメリカの例でわかっているはずだし、たぶん人数を集めて行くんじゃないかと思うんだ。

ダンジョンって聞いたら多少危険でも行きたいやつは大勢いるだろうし。

そう思って生放送を見たんですけどね。

「なんでひとりで突っ込むんですかねぇ……」

ひとりで突っ込みやがりましたよ、この野郎⁉

日本刀があればいけると思ったのか！　無理だよっ。

……てか、なんで日本刀持ってるんだろ、このイギリス人。

謎だ。

そしてこの件はまたデカいニュースとなり、世界中にダンジョンの存在が知れ渡ることになる。

で、一方の日本ではというと……一向に見つからないですね。

ネット上ではダンジョンの話題が尽きることもないし、日本にもあるんじゃないか？　ってことで有志が結構頑張って探してみたそうな。

でも見つからなかった。

アマツも諦めて目立つところに移動させちゃえばいいのになーって思った。

思ってしまった。

はたしてこれはフラグだったのだろうか？

午前中の狩りも終わり、クロと一緒にご飯を食べているときだった。

「番組の途中ですが、ニュースをお伝えします」

「ん？」

なんとなくつけておいたテレビで臨時ニュースが入る。

「本日十一時頃、渋谷のハチ公前に突如として巨大な門が――」

「ぶぼぉっ⁉」

「――中に入った若者数名が怪我を負ったという情報もあり、現場は騒然としています」

き、気管に入った！！？

くそっ……てかまじで？？　ハチ公前って目立つってレベルじゃないでしょ？？

アマツ……ついに乱心したか？？

まじかよ……と思っていると、さらに続報が入る。

現場からの中継映像が流れ……ハチ公前の広場にでんっと立つ扉の姿が確かにあった。

あるのは扉だけであり、ほかにはなにも存在していない。

そして扉はわずかに開いており、本来なら単に後ろの景色が映るはずであるが、そこには映るはずのない光景が見えている。

間違いなくダンジョンだ。

「わーわー……わー？？　え、まじで？　まじでここに移動したの⁉」

あの扉の大きさからして、かなりデカいダンジョンだと思う。

全開にしたら車が横に並んで入れるぐらいはある。

と、なると入った瞬間にゴブリンがこんにちは！　するってわけで……あぁ、救急車も来てる。

やっぱり中に入ったやつがいるんだな、これ。

ネットで探せば現場の詳しい写真やら動画やら上がっていそうだ。

てか……これ大丈夫か？

ちょっと不安になったからアマツのところに行ってみるか。

速攻でご飯を食べた俺とクロは、すぐにアマツのところへと向かう。

休憩所から五階へと続くゲートをくぐり抜け、中にいるであろうアマツへと声をかけた。

「……アマツさん、いる？」

「やあ、ようこそ。来ると思っていたおぐっ⁉」

椅子に腰かけ足を組み、どや顔でそう言ったアマツの鼻っ面にクロの猫パンチが炸裂した。

俺もぶん殴りたいこのどや顔って思ったけど、クロも同じ気持ちだったらしい。

てか余裕そうだね？

となると、これはアマツが意図して出したってことだよね、やっぱ。

「痛い……」

「あれ、ヤバくないですか？　アメリカとイギリスの動画を見た感じだと封鎖されかねないですよ。

あと渋谷のは場所が場所なんであとから怒られると思います」

鼻をさすり、涙目になりながら椅子に座り直すアマツに向かい俺はそう話す。

「怒られるのは困るなあ」

いや、絶対怒られるから。

アメリカとイギリスであんだけデカいニュースになったやつが、日本にも現れたんだからね？それも都会のど真ん中もいいところに。

チュートリアル突破されたら説明するんでしょ？　しばかれても知らないよ。

「まあ完全に封鎖されることはないと思うよ？」

最悪封鎖されて攻略どころの話じゃなくなるかもしれないし……と俺が心配するが、アマツはパタパタと手を振りそう答える。

「そうなんですか？」

本当かいな。

「なにせアメリカもイギリスも、入ってすぐのところにポーション三種とも用意したからね！　もちろん日本もだよ？」

「うわあ」

突如現れたダンジョン。

中に入ってすぐにポーションらしきものが……当然持って帰るよね。

そして調べると効果が判明するわけだ。

怪我も病気も治ってさらには若返るとわかったらどうなるだろうか？

まあ、さらに潜るよね。

そしてそのうちチュートリアルを突破して、アマツが登場しボコられると。

それは冗談だけど……潜る人は限定されるかな？　でも、間違いなくもっと深くまで潜るだろう。

権力持っている人って高齢者が多いイメージだし。

えげつないぞアマツっ。

　そしてそうこうしているうちに、世界中にダンジョンができるわけだ。

　そうなると、いずれポーションの存在は広まるだろう。いくら国が隠そうとしても限度があるしね。そしたら国民から突き上げ食らうのは間違いないと思う。さらに権力を持っている人がポーションを独占していると知ったら？　おお、こわいこわい。

　てか俺のときも最初に若返りのポーション置いてくれればよかったのにさー。

　俺がじと目でアマツを見ていると、アマツは大袈裟に肩をすくめて言葉を続ける。

「日本のゲートは確かにまずい位置だったよ。でもあれ本当にランダムだからね？」

「うっそだー」

「あはははっははっ」

　またクロの猫パンチが炸裂した。

　まあ、扉についてはあとで移動可能ということなので、とりあえずはそのままにするらしい……

　アマツが大丈夫と言う以上、俺にはどうすることもできない。

　本当に大丈夫かな。

　大人しくその日は戻ることにした。


　そして扉が現れてから一週間が経った。

　扉を囲い込むように突貫工事で建物が建てられ、現在では中がどうなっているのか外から窺うことはできない。

周りには野次馬やら、中を見せろとごねるマスコミやらでいろいろと騒がしい。

そしてそれとは反対に、周辺の住民は一部が都外に避難していて、少し閑散としていたりする。

これはダンジョンからモンスターがあふれ人々を襲う……といったデマが広まったためだ。

政府はデマだと言っているが、避難する人があとを絶たないらしい。

「んー……そりゃそうなるよね。暴動とかにはなってないみたいだけど」

ただまあ暴動になるまでは至っていない。

あちこちに警官が立っているし、巡回もしているのでハチ公前の広場以外は比較的落ち着いている。

「あ、ほかにも見つかったんか」

それから少しして、アメリカで新たなダンジョンが見つかったとニュースが流れた。

その三日後にはイギリスでも見つかった。

アメリカもイギリスも、もしかするとほかにもダンジョンがあるのでは？　と、国民に情報提供を呼びかけていたのだ。

そのうちに日本も同じような流れになるだろう。

「あー……本格的に軍を投入すんのね」

そしてさらに数日後には、中にいるモンスターの駆除を名目に本格的に軍を投入すると報道される。

あ、これアメリカとイギリスのお話ね。

日本はどうだろうね。自衛隊動かすとなるといろいろと大変そうだし、しばらく先になりそうな気がする。

と、思ったんだけどね。

「――議会で、自衛隊の投入が決定されました」

一週間もしないうちにそんな国内ニュースが流れる。

「思っていたより早いなあ」

なにかすごい動きが速い気がする。

この手のってこんなにサクサク決まるものだっけ？

ポーションに釣られたのかな。

「ある程度確保するまでは国民には知らせないのかな？」

その撒き餌のポーションだけど、いまのところニュースにはなっていない。

ネットではそういう話も流れてはいたが、すべて根拠のない予想のみである。

まあ、大量に手に入れたとしてもすぐには発表なんてできないだろうけど。

なにせまだ三カ国以外ではダンジョンが見つかったって報道はないし、この状態でポーションの存在が明らかになったらどうなるか……ろくなことにならんだろうね。

「でもほかの国にもこれからダンジョンはできるし、どこかで情報漏れるよね」

発表のタイミング難しそう。

まーその辺は偉い人たちが考えることだし、俺が頭を悩ませたってしょうがないんだけどねー。

さて、そろそろ日課の筋トレでもするかー。

そう思い、椅子から立とうとしたところでスマホに着信が入った。

「はい、島津ですー」

「康平か？」

「じいちゃん、おひさー」

「おう」

電話はじいちゃんからだった。

内容は以前ばあちゃんに話しておいた件だね。手伝えることがあったら言ってねーってやつ。

「おっけー。金曜の朝ね、前と同じ時間に行くからー」

今回はトウモロコシの苗を定植するそうで、そのお手伝いだ。

日課の筋トレにより、前よりパワーアップした俺のフィジカルを発揮するときがきたのである。

あ、そろそろお肉もなくなっているだろうし、いろいろ持っていこうかな。

「クロ、ちょっと週末に畑を手伝いに行くね。お留守番よろしくー」

クロにはお留守番していてもらおう。

尻尾をぱたんぱたんと振っていたので、いいよーってことだろう。


金曜の早朝、俺は畑の手伝いをするため祖父母宅へと向かう。

車の運転もだいぶ慣れてきた。

それに早朝だと車も少ないし、運転するのも楽だしね。

「お待たせー。あ、これお土産ね」

着くとふたりが出迎えてくれたので、お土産に焼肉用のお肉を渡す。

前回はちょっと量が多すぎたので、今回はいろんな部位を四種類ほど各1キロ用意した。

……まだ多い？　たぶんお昼は焼肉だから大丈夫。俺も食べるし。

「あらあらすまないねえ」

「お、この前の牛肉か。すまんなあ」

いっぱい食べてね！

てか俺の体がさらにムキッとなってることにはツッコまなくなってきたね。

そういうものだと諦めたのだろうか。

「今日はこれを運べばいいのかな？」

「そうそう。大丈夫そうか？」

「うん、いけるいける」

前回と違ってコンテナじゃなくてトレイ？　みたいなやつを運ぶので一個あたりの負担はそこまで大きくない。でも数が多いので大変そうである。

定植するのに使う定植機はちょっと小さめのやつで、それをじいちゃんとばあちゃんが運転する。

それで、俺はひたすら苗を運ぶ係か。俺、定植機使えないし、体力あり余ってるし、これが一番効率がいいやり方だろう。

実際さくっと終わった。

で、いまは早めのお昼ってことで俺が持ってきたお肉でＢＢＱしているところだ。

「うっま」

気温もだいぶ暖かくなってきたし、晴れているのでさらに美味しく感じるね。

「本当に美味しいわねえ……このお肉」

「味付けがいいよなあ。またどこぞでブランド化でもするんか？」

「その辺は詳しく聞いてないんだけどね。そのうち市場に出回るって話だよ」

嘘じゃないもん。

実際にダンジョンが一般に開放されるようになれば、このお肉は市場に出回ることだろう。

美味しいし……まあ、この美味しいのはマーシーのお陰ってのが大きいんだけどね。

俺が味付けして焼いても普通の牛肉だねーで終わったと思う。

それでも十分なんだけどね。だって下手に肉自体の味がよすぎると、牛を育てている人にダメージを与えちゃう。

「――ニュースで見たが、東京のほうはえらい騒ぎになっとるんだってなあ」

がつがつとお肉を食べ、雑談しているうちに話題が例の扉の話に移る。

「ああ、あの扉ねー。噂だとダンジョンができたって話だけど、どうなんだろうね」

実は俺んちの庭の納屋にもあってねー！　なんて言えないので、無難に返しておく。

ダンジョンと聞いたじいちゃんとばあちゃんだけど、別に首を傾げるとか、そういったことはない。実は暇つぶしにゲームを結構やるらしく、ダンジョンとかそういったゲームに出てくるような単語には詳しいのだ。

「自衛隊が中に入ったんでしょう？　大丈夫かしらねえ……」

「海外の動画を見る限り、自衛隊なら大丈夫だとは思うよ」

実際に大丈夫だろうとは思う。やっぱ銃って強いから。

動画で見た人はたぶん一般人だと思うんだけど、それであれだけのゴブリンを倒せたんだから。

これが本職の人だったら、もっと圧倒できることだろう。

「ああ、そうだ康平」

「もご？」

く、口の中にお肉が……。

「この前もらった肥料だけど、試しに撒いてみたぞ」

「えっ、本当？　嬉しいけどよかったの……？」

まじか。

あの怪しげな肥料を使ってくれたんか。

自分で渡しておいてなんだけど、よく使う気に……いや、すごく嬉しいんだけどね。

効果は絶対あるはずだし。

「なに、最近は腰の調子もいいし。康平が手伝ってくれるようになってだいぶ楽になったからな。休耕していた畑に小麦植えてみたぞ」

「おおっ」

「春蒔きだから収穫は八月中だなあ」

「楽しみだー」

八月かー。

結構先だけど、三カ月ぐらいすぐっちゃすぐか？

ダンジョンに潜っていたらいつの間にか八月になってそう。

楽しみだなあ。

俺としては収穫量が倍になった！　とかなるといいなーと思ってる。

それかすっごいデカい小麦が……いや、それはまずいか？　見た目が違いすぎるとちょっと食っても大丈夫か不安になりそう。

収穫量が増える方向でお願いしますっ。

＊

楽しみも増えたので、そりゃ狩るのも張り切っちゃうよね？

氷を飛ばしてくるトカゲだけど、剣ゴブリンのカードを入手してからは、割とサクサクと狩れている。こいつが放った氷が床やら壁に当たると、周囲を凍りつかせるんだけどね。

ただ、こいつどうもクロと相性が悪いんだよな。

……そうそう、例の新しく入手した宝石だけど、俺が使うことになったよ。盾を使うんだから、俺が使うべきってことらしい。そのお陰もあって、別に氷を踏んでも滑ったりしないし、たまにちょっと靴がへばり付くくらいなんだけど……。クロは滑ったり、毛がぴとって張り付いて動けなくなったりと、非常に相性が悪い。

数が少なければ問題はないのだけれど、多くなってくると床一面氷だらけになってしまうので、最終的に俺の背中にクロ専用のバック……というか背負い袋？　を用意することで解決した。

ずっと爪で背中に張り付いてるのも大変だからね。

そして数をこなしていくと、ドロップ率の低いあれが出るわけですよ。

「お！　カードやっと出た出た」

やっとこさトカゲのカードを手に入れた。

特殊な攻撃をしてくるやつだし、カードもなにかしら特殊な効果がつくんじゃないかと期待していたりする。

「いよっし、戻って効果確認しよっか？」

効果次第では、ここでの狩りはやめて次の階層かな。

一緒に帰るクロも尻尾を立てて嬉しそうだ。

クロ的にはここの階層はあまり好きではないので、そういった意味で二重に嬉しそうである。

「……どこにも付けられないぞ」

休憩所に戻って、さーどんな効果かなーと確認しはじめたんだけど。

どこにもセットできないぞこれ。

「クロはどう？　……アクセサリー専用かよっ⁉」

俺がダメならクロはどうかなと思い、見てみると……トカゲのカードはアクセサリー専用であった。

現状アクセサリーにカードのスロットがあるのはペットのみ。

「人は使えな……いや、レア装備を手に入れろってことか？　まじか」

いや、でも可能性があるとしたらレア装備か。

もしかするとレアなアクセサリーを手に入れれば俺でもこのカードを使えるかもしれない……ただ、いまのところレアな装備って一切出てないんだよな。確率とんでもなく低いんじゃないかな。

「とりあえず試し打ちに行く？　トカゲには効きそうにないから牛さんかなー」

ちなみに効果はあれだ、トカゲが飛ばしてきたのと同じだと思う。

『魔法【氷礫】を使用可能になる』って書いてあるけど、たぶん合ってるでしょ。

……魔法？　スキルじゃないのか、違いがわからんね。

まあ、試してみればいいか。

そう思い実際に撃ってみると、トカゲが放ったものとまったく同じものが出てきた。

そして使いすぎるとダルくなるところはスキルと同じだった。

ただ、スキルは使いまくると熟練度が上がり、徐々に消費が抑えられ、逆に威力は上がっていくが、この魔法にはそれがなかった。

そのほかに違うところとして、威力というか氷の数を変えられる点がある。

クロが放てるのは一～四発までであり、数が少ないほど消費と撃つまでの溜めが短い。

一発だけならほぼノータイムで次を撃てるので、使い勝手はよさそうである。

ちなみにカードのレベルは二なので、クロは一枚だけセットできた。

アクセサリー用のレベル一カードってどこで手に入るんだろうか？　もしかすると別のダンジョンだったりするのかなあ。

カードは手に入れたし、次に行こう。

とりあえずは一枚でいいかなーってことになったのです。

俺はまだ使えないし、クロもセットできるのは一枚だけだからね。

マップはもう完成しているので、扉までまっすぐ向かう。

道中の敵はさくっと倒して、バックパックに入る分だけ素材は確保する。残りは勿体ないけど放置するしかないね。容量がもうちょっと増えたらなあと思わなくもない。

考えながら進んでいると、さくっと扉前に到着した。

「さてさて、お次はなんでしょーね」

例によって扉の中はまだ見ていない。今度は食えるやつがいいねー。

トカゲはさすがにちょっと……鶏肉みたいで美味しいって聞いたことはあるけど、さすがにね。

さて、盾を構えてそろーっと覗き込みますか。

とりあえず遠距離攻撃はなし。

そして中央に二頭デカいのが……角やっぱいな。

「また殺意の塊みたいなのがいるんですけど」

中にいたのは鹿のようななにかだった。

普通、鹿の角はあんなにデカくないし、あんなに鋭くない。

なんというか巨大な角の枝分かれしている部分すべてが刃物になっている感じだ。

できればお近付きになりたくないけど……やるしかないよね。

「二頭か……バラけてくれるといいけど。……行くよっ」

敵も馬鹿じゃないので、最悪の場合ひとりが集中で狙われる場合もある。

なので先頭は盾持ちの俺が、続いてクロが入るというのがいつものパターンだ。

このあと、クロと俺は左右に分かれるが、それに対し敵が分かれた場合はそのまま戦い、どちらかに寄った場合はこちらも合流する。

相手が二匹のときはだけどね。数が多いともうとにかく動きながら戦うしかないし、一概には言えない。

で、今回の場合はどうかというと。

「おし」

うまい具合にバラけてくれた。

もう一頭はクロに任せて、こちらに向かってきたやつの対処をしよう。

角がデカすぎるので、避けるのは厳しそうだった。なので俺は避けずに盾で受ける……というかぶん殴る選択をする。

「ふんっ」

ギャリィッと硬いもの同士をこすり合わせたような音が響いて、次に妙に軽い音がする。

見ると鹿の首がぐるりと回り上下逆さまになっていた。

「……あり？　死んだ？」

鹿はそのまま地面を滑るように倒れ、痙攣するが起きることはなかった。

……なんかいまのだけで死んだっぽい？

妙に脆いのでこれならクロも楽勝かな、と思ったら。

クロはまだ戦闘を続けていた。

どうも角の範囲が広すぎるせいで、避けるのに手間取りなかなか攻撃を仕かけられずにいるようだ。

　そして最終的には焦れたクロが足に氷礫を放ち、動きを止めてから仕留めた。

「クロと相性悪いのが続くなあ」

　トカゲは足場が悪くて、こいつは攻撃手段が苦手と。

　オークみたいのだと楽勝なんだけどねえ。十五階に行けばまた二足タイプが出るだろうし、それまで我慢してもらうしかないね。しばらく背負い袋に入る生活が続きそうだ。

　さて、こいつどうやって持って帰るかな。

「鹿肉か……俺そこまで好きじゃないんだよねー」

　牛以外のお肉を期待していたのは確かだけど、実は鹿肉はそこまで好きじゃなかったりする……なんかこう、血の味がする牛肉みたいな？　もしかすると処理の悪いものを食べただけかもだけど。

　ううむ。

「まあ、マーシーなら美味しく調理してくれるっしょ」

　解体は自動だし、調理するのはマーシーだ。

　たぶん苦手な俺でも美味しく食べられるに違いない。

　というわけで、高そうな頭を確保して……角はデカすぎるから切り落として手で持っていくか。

　あとは適当に美味しそうな部位を取ってバックパックに入れるだけ入れて帰ろう。

「鹿肉こんな美味しかったのか……やっぱすごいねマーシー」

「ありがとうございます」

　苦手とか言ってごめん！

今度じいちゃんばあちゃんにもお裾分けしようかな。

……でもこの焼き加減を自分で再現するのって無理だよな？　冷めたら味が落ちるし……。

あー……早く皆をここに呼んで一緒にＢＢＱしたい。

＊

絶対喜んでくれると思うんだよな。そのためにはダンジョンの存在をもっと……そういや続報ないな？　いまどうなっているんだろうか。

とか考えてたら、ニュースで続報が流れましたよ。

それもちょっとよろしくない感じの。

「はー……。アメリカとイギリスもやったし、そうなるとは思ったけどなあ」

アメリカとイギリスで探してみたらほかのダンジョンも見つかったんで、日本も探しますという内容。

それだけならいいんだけど、中から出てきた連中が国民に危害を加える恐れがあるので、見つけ次第の報告を強く推奨する……もし故意的に隠していたと判明した場合、なにかしらの罰則を検討とかいう報道だった。

正式に決まったわけじゃないし、罰則ってところで反対意見も出るかなーと思ったけど、どうもどこのニュースも賛同する雰囲気があって……なんとなくこのまま行きそうな気がしなくもない。

「どうしようね、クロ」

そう言って俺は隣で変なポーズのまま寝るクロの頭を撫でる。

「俺としてはこの家から離れる気はないし、ダンジョンの攻略も続けたい。それでもってポーションをじいちゃんばあちゃんとかに渡したいなーって思ってる。あと一緒にＢＢＱとかもできたらいいなーって」

もっと世界にダンジョンが広まって、一般開放されたらじいちゃんばあちゃんにポーション渡して、そしていつかダンジョンにも招待してー……とか考えていたんだけど。

甘い考えだよなあといまさらながら思う。

このまま黙っていてもいつかバレる日が来ると思うんだ。

かといって、このタイミングでカミングアウトするとどうなるか？　ここがハチ公前の広場みたいな状態になるんだろうね。そうなると俺はこの家に住み続けるのは難しいだろう。いつからダンジョン攻略を再開できるかもわからない。

「難しいよね」

そう言って再びクロを撫でようとするが、俺の手はすかっと空振りをする。

あれ？　と思ったら、いつの間にかクロが起きてこちらをじっと見つめていた。

「……とりあえずアマツに相談してみたらって？」

俺に向かい『にゃーにゃー』と鳴くクロを見て、なんとなくそう言っている気がした。

それは正解だったようで、クロは『にゃん』と鳴くと再び寝る体勢へと戻る。

「そう、だね……うん、ちょっと不安があるけどそれしかないよな。明日行ってみようか、ありがとねクロ」

そう言ってクロの頭を軽く撫でる。

アマツに相談……ちょっと普段はポンコツではあるけれど、いま頼れるのはアマツだけだ。

ダンジョンマスターなんだし、やるときはやってくれると信じている。

信じているからねっ。

番外編　クロとの出会いと成長～チュ〇ルを巡る、終わりなき攻防の歴史～

クロが我が家にやってきたのは、俺が生まれる少し前のある雨の日だったらしい。

仕事帰りの父が、仕事道具とは別に段ボール箱を抱えて玄関へ入ってきたそうだ。

玄関で出迎えた母はそれを見て訝しげに尋ねる。

「あなた、その箱どうしたの？」

「家の前に置いてあったんだよ……。鳴き声がするから覗いてみたら……ほら」

そう言って父はダンボール箱を開けてみせる。

「まあ……」

中にいたのはまだ生まれて一週間ほどの数匹の子猫だった。

「この寒さだからな、外にこのままいたら死んじゃうだろう。ひとまず室内に入れないと」

そろそろ五月になるが、北海道ではまだ外の気温は十度を切っている。

この状態で外に放置すれば、子猫たちは間違いなく死んでしまう。

里親を探すこと。

これを条件に母は子猫たちを保護することに同意した。

その翌日。

父は朝から動物病院へと子猫たちを連れて行った。

病気の検査だったり、予防接種、ノミ取りなど、やらなければいけないことはたくさんある。

幸いなことに、検査の結果はみんな元気で病気もなしだった。

父は里親募集の張り紙を病院に依頼し、子猫用のミルクを買い、帰宅した。

数週間で子猫たちは一匹を残して里親に引き取られていった。

なぜ一匹残ったかというと……わずかな期間で父が子猫たちに愛着を持ってしまったからだ。

みんな引き取られそうになったときなど、父は少し泣きそうになっていたそうだ。

それなら、一匹だけ一番大人しい子を我が家で飼ったら？　と母に言われ、父は大喜びで承諾した。

その一匹がクロである。

一番大人しい子を選んだのは、俺がもうすぐ生まれる予定だったからだろう。

下手に気性が荒いと、怪我をするかもしれない……と心配したのだと思われる。

そして数か月が経って、俺こと島津康平が爆誕する。

「クロ、弟ができたぞぉ～。面倒みてやってくれな」

なんだこいつ？　みたいな顔をしているクロに父はニコニコしながら俺を見せる。

生まれたての赤ん坊の世話を生後数か月の子猫に押し付けるんじゃねーですよ。

「あなたってば……まあ、でも仲よくしてくれるといいですね」

バカですか？　と言わないあたり、母は優しい。

嬉しそうな父に突っ込みを入れて、凹ませることもないだろうと思ったのかもしれない。

母は空気を読める人なのだ。

まあ、実際に仲よくはなれたと思う。

「はぁーい、それじゃあご飯にしましょうねえ。クロもありがとうね。助かるわぁ」

俺の離乳食を用意していた母が、お礼を言いながらクロの頭を撫でる。

いやね、クロってばこの頃から結構頭がよかったのか、実際に俺の面倒を見ていたらしいんだよね。とは言っても、俺のそばで尻尾をゆらゆら振って、それを俺がつかもうとして……と、遊んでいる程度だけどね。

それでも母にとってはありがたいことだったらしい。

そんな感じで幼少期を過ごし、小学生に入ると……ちょっぴり俺とクロの仲は悪くなっていたかもしれない。

「母ちゃん、クロが下りてこないー！」

「嫌がってるのに無理にかまうからでしょ。まったく……」

まあ、仲が悪いと言っても、単に俺が構いすぎて嫌がったクロがタンスの上に……といった感じだけどね。

この時期の反省をもって、俺はクロが嫌がるギリギリを見極められるようになったんだろう。中学に上がる頃には構って嫌がられることもなくなっていた。

受験勉強をしているときなんか、クロがいてだいぶ助かったと思う。

受験勉強ってほんときついんだよね。

落ちたらどうしようとか、成績が上がらないとか、いろいろと悩みながら勉強するもんで、心がどんどん荒んでいくのが自分でもわかった。

受験当日が近付くと、夜遅くまで勉強したりなんかもした。

「うー……ん？」

するとクロがすっと部屋に入ってきて、机の上やベッドの上にぴょんと飛び載るのだ。

そのまま寝ちゃったり。構えと言いたげに見上げてきたり、テキストの上で丸まったりと、その日によって行動は違う。

「お、なに？　付き合ってくれんのか、あんがとな」

今日は机に載って撫でろとアピールする日だったようだ。

俺はよしよしと頭を撫でながら、問題を眺めてテキストを埋めていく……一問、二問と解いていく間も、手はクロを撫で続ける。

「いってぇっ⁉」

あまりにも撫ですぎたのか、クロが手にかみついたうえ、抱えて足でゲシゲシと腕を蹴りまくってきた。

蹴ってすっきりしたのか、クロはフンッと鼻を鳴らすと、ベッドに飛び載り丸くなる。

さっさとどこかにいかず、傍にいてくれるあたり優しいよなと思う。

ずっと昔に両親が言ったことをもしかすると覚えていたのか……それとも、クロにとっては自然なことなのか。俺にはわからないけど、ほんとありがたいことだ。

猫に面倒みてもらうってのは人としてどうなのかと思わなくもないけど、まあそこはそれだ。

猫が心の支えになってる人って結構いると思うし、別に気にしないでおこう。

と、まあ以上がクロが家に来てから、俺が大きくなるまでの話だ。

いまでもこの関係は続いている。

向こうは俺のことを弟分とでも思っているのかな？

実際、すごく頼りにしているよ……頼りにしているのだけどね。


最近、クロの行動に変化が見られるようになった。

それは、ダンジョンに潜り始めてしばらく経ったある日のこと。


「んー？　……え？　ちょ」

クロがチュ◯ルを咥えて俺に持ってきたのだ。

咥えたチュ◯ルを俺の前に落とすと『うなー』と訴えてくる。

どうやら開けろと要求しに来たらしい。まあ、それ自体は問題ないのだ。

「戸棚に入れてあったのに、自分で取ってきたんかー……」

問題はクロが取れないところに入れておいたはずのものを取ってきちゃったところにある。

これはあくまでおやつだから、食べ過ぎるとご飯はいらなくなるしね。そう思って戸棚に置いといたんだけどなあ。

うーん。ダンジョンでレベルが上がって賢くなった弊害……とまではいかないか。

俺がもうダメだよーって言って片付けてしまえばいいんだし。

とはいえだ。

「ここなら見つからんだろ」

そうそう何度も持ってこられちゃ困るんで、今度は場所を変えてぱっと見じゃわからないところにしまおう。

戸棚は普段からチュ○ルの出し入れをしてたもんで、クロも場所を覚えていたのだろうからね。

これなら大丈夫だろう。


……そう思っていたのだけどね。


「え、まじ？」

その日の夕方にあっさり見つかってしまった。

てか、三時のおやつに食べたでしょうに……まあ、あげちゃうけど。

『にゃーにゃー』と必死に訴えられて、ダメ！　と言い切れるほど俺の心は強くないのだ。

くそう……ついさっき、俺がもうダメだよーって言って片付けてしまえばいいんだし、とか考えてたのに、実際訴えられると無理だ、これ。


そして、その後も俺とクロのチュ○ルを巡る攻防は続いた。

いろいろなところに隠したよ。冷蔵庫の中とか、カリカリの下とか、フライパンとフライパンの間とかさ。どれもあっさり見つかった。

そして俺はついに禁断の手段に手を出すことになる。

「……さすがにこれはいくらなんでも無理だろっ」

そういって、チュ◯ルをしまい込んだ箱をポンポンとたたく俺。

なんの箱か？　それは……金庫である。

とはいってもそこまで立派なもんじゃないけどね。

ただ暗証番号がわからなければ開かないので、いくらなんでもさすがに取り出すことはできないだろう。俺は鼻歌を口遊みながら自室へと戻るのであった。

そしてその日の夕方。

「うっそだろ！　おおぃ!?」

あっさり取られた。まじでどういうことなの。

暗証番号がわからないと開かないはずなのに……どこかで盗み見してた？　いや、それはないと思うけど……まさか音か？　音で俺がどんな暗証番号にしたか推測したとか？　ありえない。

ありえないけど、実際に金庫は開いているわけで……おのれクロめーっ。


そんなことがあって、結局チュ◯ルを巡る攻防がどうなったかというと。

「チュ◯ルは一日三本まで！」

チュ◯ルの束を咥えてきたクロに対し、指を三本びしっと立てて見せる俺。

クロが不満そうに『うーにゃー』と鳴いているが、俺は心を鬼にして指を四本に増やした。

もう、どうやってもクロがチュ◯ルを取ることを防げないと悟った俺は、一日の本数を制限することのみ気を付けることにした。

クロもあの手この手で食べる本数を増やそうとするが、どうにか耐えきった。

こうして、チュ◯ルを巡る攻防はどちらの勝ちとも言えない、引き分けとして終わるのだった。

──なんてわけもなく。

「アマッさんにねだるの禁止！　そこっ、しれっとあげようとしない！」

「えー」

クロは強かだった。俺から貰えなければほかの人に貰えばいいじゃないと、最近クロのご機嫌取りに必死なアマツにチュ◯ルを強請り始めたのである。

そのときはどうにかアマツを説得し、ことなきを得たが……。

そんな感じで、俺とクロのチュ◯ルを巡る攻防は続くのであった。

クロが自力でチュ◯ルの袋を開け、さらには自力で通販でチュ◯ルを購入するその日まで。

ちくしょーっ。

キャラクターデザイン公開

potion.01

『家の猫がポーションとってきた。』の
キャラクターデザインラフ画を特別公開します！

Illustration：くろでこ

島《しま》津《づ》康《こう》平《へい》

両親を不慮の事故で失い、
現在ひとり暮らしの高校
生。クロLOVE(＝ΦωΦ＝)

クロ

康平の飼い猫（♀）。
老猫だったがポーショ
ンの効果で若返る。

仲よくふたり（人間＋猫）で生活中
アマツ
謎のダンジョンマスター。
性格は朗らか。猫好き？

あとがき

私、熊ごろう。

今あなたの前にいるの。


小説の執筆を始めてから四年、初めて小説をＷＥＢサイトに投稿してから三年と少し。いつか書籍化できたらいいな、そんな思いを抱いて執筆を続けていました。

そしてこの度、新紀元社様よりお声がけいただき、ついに書籍化するに至りました。

人生において夢がかなうことはそうそうないと思っていましたが、ひとつ叶い感無量です（もうひとつの夢はカバーの著者コメントに書いてあったりします）。


さて、初めてのあとがきということでいったい何を書いたら……と悩んでいましたが、ここはひとつ小説を書くきっかけについて書こうかなと思います（定番ですみませぬ）。

私は小学生の頃から小説を読むのが好きで、学校を卒業して就職してもそれは変わりませんでした。そんなある日のこと。「あの小説そろそろ新刊が出るよな」と本屋に向かい小説コーナーをうろついていると、ふと目についたのが『小説家になろう』の文字。これはいったいなんだろう？と思い、家に帰って調べて知ったのがＷＥＢ小説の存在（それまで私の中で小説といえば紙媒体だったのです）。そして大量に投稿された小説を見て、私がどうしたかと言うと。

まあ読みまくりました。読んで読んで読みまくって……そして数年経って頭に浮かんだのが「自分にも書けないだろうか？」という思いでした。

それから執筆を始めて、書いて初めてわかった執筆の大変さ、そして自分の文才のなさに挫けそうになりながら書き続け、一年後に初投稿となります（ちなみに、本作は著者の三作目の作品だったりします）。

書きはじめた頃に比べたら、まともな文章を書けるようになったと思っていましたが、チェックが入って真っ赤になった原稿を見て真っ青になったり、なんてこともあったりなかったり。

本作の書籍化にあたりさまざまな方のお世話になりました。

打診をいただいた際に、何度も質問に答えてくださった新紀元社さま。

いろいろと修正もあり、何度も相談させていただいた編集さま。それにイラストを担当していただいた、くろでこさま。

その他、私が把握していないだけでも、数多くの方のお世話になっていると思います。

それにＷＥＢ小説の時代から本作を応援してくれている読者さま。初めて本作を手に取っていただいた読者さま。

数多くある作品の中から本作を選んでいただき、本当にありがとうございました。

熊ごろう

家の猫がポーションとってきた。

2021年7月27日 初版発行

【著　　者】熊ごろう

【イラスト】くろでこ
【編集】株式会社 桜雲社／新紀元社編集部
【デザイン・DTP】株式会社明昌堂

【発行者】福本皇祐
【発行所】株式会社新紀元社
〒101-0054　東京都千代田区神田錦町1-7　錦町一丁目ビル2F
TEL 03-3219-0921 ／ FAX 03-3219-0922
http://www.shinkigensha.co.jp/
郵便振替　00110-4-27618

【印刷・製本】株式会社リーブルテック

ISBN978-4-7753-1931-4

※本書は、「小説家になろう」（http://syosetu.com/）に掲載されていたものを、改稿のうえ書籍化したものです。